近代「国文学」の肖像　第2巻

藤岡作太郎

「文明史」の構想

近代「国文学」の肖像
第2巻

藤岡作太郎
「文明史」の構想

陣野英則 著

岩波書店

目　次

略伝

一　はじめに——藤岡作太郎に注目する意味

本書の主人公というべき藤岡作太郎《ふじおかさくたろう》（東圃《とうほ》、一八七〇—一九一〇）の旧蔵書は、「李花亭《りかてい》文庫」として石川県立図書館に保存されている。「李花亭」というのは、藤岡の生家に李《すもも》の木があったことによるという。

その文庫調査のため、金沢を訪れたときのことである。宿泊したホテルからタクシーに乗り、「石川県立図書館までお願いします」と告げると、かなりのベテランにみえた男性運転手は、少し動き出したところで「どういったご用ですか」と尋ねてくる。正直に「藤岡作太郎という人の調査です」と告げると、とてもうれしそうな声で「ああ、「加賀の三たろう」の一人ですね」と応じてくれた。それからしばらく、地元金沢の文化を深く愛するこの運転手と、「加賀の三たろう」についてのやりとりをすることになった。

「三たろう」とは、仏教学者の鈴木《すずき》貞太郎《ていたろう》（大拙《だいせつ》、一八七〇—一九六六）、哲学者の西田幾多郎《にしだきたろう》（一八七〇—一九四五）、そして藤岡作太郎の三人である。いずれも明治三年（一八七〇）生まれであり、石川県専門学校、さらに同校を母体とする第四《だいし》高等中学校の同級生である。

筆者は、アメリカの大学から日本古典文学の研究のために早稲田大学へ留学してきた博士候補生の方たちに、この「三たろう」のことを尋ねてみたことが何度かある。

まずは「鈴木大拙」の名を挙げると、即座に「もちろん知っています」という明快な反応が示される。「禅 Zen」を海外に広く知らしめた彼の知名度は、きわめて高い。次いで、「西田幾多郎」の名を示してみると、相当に知識が豊富な博士候補生であっても、「ちょっとわかりません」という反応になる。あるいは、「名まえなら聞いたことはあるのですが」といった応答のときもあった。日本では、もっともよく知られた日本人哲学者といえるだろうが、海外では、鈴木大拙に比べればかなりマイナーであるようだ。

さて、最後に「藤岡作太郎」の名を挙げてみる。当然というべきか、知っている人はいない。「明治時代の国文学者で、『国文学全史 平安朝篇』が代表的な著作ですよ」と伝えると、申し訳なさそうに「まったく知りませんでした」と返ってくるのが常である。

日本文学を専攻する日本人の学部生はもちろんのこと、大学院生であっても、藤岡作太郎を知らないという人は多いかもしれないが、近年研究が盛んになっている平安末期のつくり物語『とりかへばや』の論文をみると、「藤岡作太郎」の名が示されることがしばしばある。それで知っているという人は若干増えたかもしれない。ただし、このことは藤岡にとって不名誉な事態といわざるをえない。『国文学全史 平安朝篇』(一九〇五年)の第四期-第六章で、藤岡は『とりかへばや』のことを「醜穢読むに堪へざるところ少からず」と評し、「たゞ嘔吐を催ほすのみ」(六三四頁/2・二七九頁)[1]とまで述べる。腹違いのきょうだいである女性と男性とが入れ替わるというこの物語の内容を積極的に評価し、研究対象としている現代の研究者たちにとって、藤岡によるこうした酷評は、到底許容しがたいものであろう。

右のように藤岡のことをおさえてみると、この人物はいかにも古くさい、忘れ去られて当然の学者とみえてしまうだろうか。実際のところ、『とりかへばや』以外の平安時代文学に関する現在の研究論文で、藤岡の論が引用されるという機会もあまりないようだ。

とはいえ、「国文学」と呼ばれるようになった、明治期のあたらしい学問、その黎明期を振り返ってみると、この藤岡作太郎の実力は、掛け値無しに傑出していたということがわかる。四十年にも満たない短い人生、しかも幼少期からずっと病気ばかりがつづいた虚弱な身でありながら、膨大といえる仕事を遺した。量だけの問題ではない。彼の文学論は、国文学者たちを小馬鹿にしていた、あの与謝野晶子《よさののあきこ》(一八七八―一九四二)からも、例外的に高く評価されていたのである。

そして何より、彼の構えの大きさこそが特筆されるべきであろう。藤岡は、東京帝国大学文科大学で「国文学」を講じた「国文学者」ということになっている。それは、もちろん間違いではない。しかし、実際に遺した彼の著作の題目を見ただけでも、この人が向きあった対象が日本の文学にとどまるものではないということに、すぐ気づくだろう。

たとえば、藤岡の『近世絵画史』(一九〇三年)は、「絵画史通史の名著として早くから認められて版を重ね、昭和の戦前戦後も二度にわたって復刻され」ている。(2) また、平成の時代に入ってもなお、「これを越える通史をわれわれはまだ持っていない」と評されている。(3)

藤岡は、美術史家として第一級の仕事をこなしただけではない。彼の関心は、歴史、藝術、そして思想へとひろがりをもっている。日本の思想史の研究では、たとえば津田左右吉《つだそうきち》(一八七三―一九六一)の『文学に現はれたる我が国民思想の研究』全四冊(洛陽堂)などがかなり著名であろうが、その刊行は大正五―十年(一九一六―二一)のことであった。明治四十三年(一九一〇)に亡くなっている藤岡は、残念ながら思想史の著書をまとめるには至らなかった。しかし、彼は「我国の文藝に現はれたる国民思想の変遷」と題する、生前には発表されなかった文章を遺している。(4)津田の著書と見紛うほどのその題目を見ていると、もしも藤岡の命があと数年でも長くつづいたならば、「国民思想史」が著書としてまとめられたのかもしれないと想像したくもなる。

現代の日本文学研究は、混迷を深めつづける現代社会の中で、あるいは「グローバル化」が喧伝されつづける中で、何を大切に保持しつつ、何を変えてゆく必要があるのだろうか。あるいは、日本文学研究と関わりのある学問・研究といかに渉りあってゆくべきだろうか。

そうした問いに向きあうことがしばしば求められる現在、黎明期の国文学の世界において傑出した存在であっただけでなく、国文学の枠におさまらない学際性をも発揮していた藤岡作太郎の遺業の中には、何か特有のヒントがあるのではないか。

他方において、国文学であれ日本文学研究であれ、この学問が誤った方向へと進まないためにも、国民国家との関わりを抜きにしては立ちゆかなかったであろう明治期の国文学者、とりわけ日露戦争に勝利してナショナリズムの傾向がつよまるころに活躍のピークを迎えた学者でもあった藤岡が、そうした「時代」といかに関わりあっていたのかということも、現在の私たちが見つめなおすべき問題としてあるだろう。

さらに、『国文学全史　平安朝篇』および『国文学史講話』(一九〇八年)などの影響力についての吟味も、試みたいこととしてある。予告的に記すならば、藤岡の没した二十世紀初頭から、少なくとも世紀の終盤に至るまでの八十年以上にわたって、国文学という学問領域において基調となった見方、考え方が、実は藤岡という一人の学者の特性、または嗜好などと密接に関わっている可能性すら見いだされるのではないか。

今、藤岡作太郎に注目することには、こうした複数の意義があると考える。

二　略歴

これまでにも、藤岡作太郎の伝記・評伝に相当するものはいくつもまとめられている。特に、藤岡の三回忌にあわせてまとめられた、藤井《ふじい》乙男《おとお》（紫影《しえい》、一八六八―一九四六）による詳細な「伝記」[5]などが代表的といえるが、ここではそれらの伝記・評伝、ならびに関連の論文も参照しつつ、「略歴」として、要点をおさえてゆくことを主眼とする。

藤岡作太郎は、明治三年（一八七〇）の七月十九日（グレゴリオ暦八月十五日）、金沢藩の下級武士であった父通学《みちたか》、母そとの長男として金沢早道町《はやみちまち》に生まれる。ここは藩の足軽飛脚が居住した地で、「早道」というのは飛脚のことであるが、通学は、「二十俵の足軽で消防方の役を勤め、江戸に出て居らる、ことが多かつた」[6]人である。維新後の明治六年（一八七三）、通学は戸長となったが、同十八年（一八八五）に亡くなっている。一方の母そとは、十村《とむら》（加賀藩の農政機関）の番代であったという高木佐六の娘である。そして「作太郎」の命名者こそ、この外祖父高木佐六であった。[7]

幼いときから、藤岡作太郎は喘息に苦しんでいたようだが、絵が得意であったという。一方で、明治九年（一八七六）には早道町の小関成安《おぜきなりやす》の私塾（小関私学）に入門、きわめて優秀であった。小関の談話を引用する藤井の「伝記」によると、藤岡は「市立の新竪町小学校に入学してからも、放課後は自分の塾へ来て漢籍を学んだ」という(8)。たしかに、公立小に入ったあとも、小関私学（あるいは私立小関小学校）から修学の証書を受けている（なお、藤井が「新竪町小学校」と記した学校は、「竪町小学校」が正しい）。

その後、淳正小学校（竪町小学校から明治十三年に改称）を卒業すると、石川県金沢区高等小学校（のち同区精練小学校）に進み、明治十六年（一八八三）三月には、数え年十四歳で精練小学校より「小学中等科卒業候事」の証書を受けている。同年九月、石川県専門学校附属初等中学科第七級に転入する。なお、この初等中学科に在籍中の明治十八年一月から月一回のペースで出されたとおもわれる『明治余滴』という同人誌には、鈴木貞太郎らとともに藤岡も参加している。一部しか現存しないが、藤岡の最初期の文章にふれることも、また「東圃」の号を用いていることの確認も可能である(9)。

明治二十年（一八八七）の二月に初等中学科を卒業ののち、同年の七月、藤岡は石川県専門学校を母体として新設された第四《だいし》高等中学校（のちの第四高等学校）に入学する。当初、この高等中学校は予科三年、本科二年とされていたが、藤岡は予科の最上級生として入学し、翌二十一年には予科を卒業、本科へ進み特待生となっている。

この第四高等中学校の同期に、「一　はじめに」でふれた「三たろう」の鈴木貞太郎（大拙）、西田幾多郎、さらに倫理学者・教育者として知られる金田《かねだ》（のち山本《やまもと》）良吉《りょうきち》（晁水《ちょうすい》、一八七一―一九四二）などがいた。残念なことに、鈴木は学費が払えなかったためわずか三ヶ月ほどで退学することとなったが、藤岡、西田らはそれからもかなり親しく交わりつづけ、「我尊会《がそんかい》」という会の回覧誌『我尊会文集』に、多数の文章を発表している。のちほど、この回覧誌に掲載された文章の一部から、藤岡たちの様子をとらえてみよう。

明治二十三年（一八九〇）の七月、藤岡は第四高等中学校の本科を卒業した。その後、ストレートで進学することにはならず、一年の休養期間を取っている。その理由としては、同十八年（一八八五）に父通学が逝去していたことなどから、経済上の問題があったのかもしれない。あるいはまた、健康に関わる問題なども想像されるが、一方では専攻を決めかねていたということもあったらしい。すなわち、美術学校へ進むか、それとも大学で史学科に進むか、あるいは国文科にしようかと迷っていたようである。この一年間に関して重要とおもわれる証言をのこしているのが山本良吉である。山本によれば、藤岡はこの間に「源氏の研究に深く没入し」て、「書中の総人物の系譜や関係や年齢性格等を表の形に作り、可なり大きな本となつた」という。(10)

そして明治二十四年（一八九一）の九月、藤岡は帝国大学（のちの東京帝国大学）文科大学国文学科に入学することとなった。国文学者、俳人として知られる藤井乙男、のちに藤岡の共著者となる平出《ひらで》鏗二郎《こうじろう》（一八六九―一九一一）などが同級であった（ただし平出は選科）。

帝国大学入学当初から、藤岡はどのように勉学に励みつづけたのか。その様子を伝える貴重な資料が現存する。明治三十五年（一九〇二）五月に至るまでの長きにわたり、毛筆で書かれたノート、「李花亭抄録」である。全十三巻、計二千丁を超えるという膨大なもので、その具体的な内容については、野村精一による詳細な紹介がある。(11)

明治二十七年（一八九四）、藤岡は帝国大学を卒業するが、彼の執筆活動は既に在学中より始まっている。同二十五年の夏から秋には、二篇の論文が雑誌に掲載されている。(12)また、卒業前から郷里の『北国新聞』に寄稿を重ねている。同紙の創刊は明治二十六年（一八九三）であるが、藤岡はその創刊号から三回にわたり「小説管見」という小説論を発表している。さらに卒業後は、同二十八年までの間に、同紙にて「薄雲月橋物語《うすぐもりつきはし》」「この春」「いろ奴《やっこ》」といった小説、また「われから草紙」という翻案小説をそれぞれ連載している。(13)ただし、こうした創作活動は、学術書ならびに教科書の執筆が中心になったためであろうか、長くはつづかなかった。

一方で、はやくも明治二十八年(一八九五)には、平出鏗二郎との共著『日本風俗史』上・中・下編が東陽堂から刊行されている(上編は二月、中・下編は十一月の刊行)。共著ではあるが、最初の著書が狭い意味での「文学」に収まるものではなく、宗教、思想、衣食住、冠婚葬祭、年中行事等々の、多岐にわたる日本の風俗、あるいは日本の文化を通史としてまとめあげられていることには、特に留意しておこう。

同じ明治二十八年の四月、藤岡は大阪府第一中学校に嘱託教員として就職した。さらに同年十月には、京都の真宗大谷派第一中学寮教授となり、また同大学寮嘱託も兼ねて、英語・国語・国史を担当することとなった。このことは、第四高等中学校時代の師である今川覚神《いまがわかくしん》(一八六一―一九三六)の招聘による。(14)なお、翌年には校名が変更され、真宗京都中学、ならびに真宗大学となっている。

藤岡は、この時期に歴史教科書をも編纂している。明治二十九年(一八九六)、錦光館より刊行された『国史綱』前・後編である(前編は四月、後編は六月の刊行で、翌年に訂正再版を刊行)。

明治三十年(一八九七)の九月、二十八歳の藤岡は、第三高等学校の教授となり、国語と英語を担当する。そして、同三十一年の十二月には吉田惟清の長女辰巳と結婚している。また、同じ年の十二月四日からは、彼が亡くなる前日までつづく日記が書き始められる。「李花亭日記」である。そしてその翌年の二月には、石田《いしだ》鼎一《ていいち》との共著『日本史教科書』(奥付の書名によるが、扉の書名は『新編日本史教科書』)が三木佐助によって刊行されている。

明治三十三年(一九〇〇)の九月、藤岡は、三歳年長の芳賀矢一《はがやいち》(一八六七―一九二七)のドイツ留学に伴う補充人事により、東京帝国大学文科大学国文学科の助教授に就任する。以降、「平安朝文学史」「徳川時代絵画史」「国学史」「国文学通史」「国文学史大綱」「近代小説史」「国文学と風俗」「鎌倉室町時代文学史」「日本評論史」などの講義を担当してゆく。

藤岡は、これらの講義などにもとづく著書を次々とまとめあげ、公刊している。明治四十三年(一九一〇)二月に亡くなるまでの、十年にも満たない間に刊行された著書を挙げてみると、次のように並べることができる。

- 明治三十四年(一九〇一)九月、『日本文学史教科書』が開成館より刊行される(改訂版は三年後の明治三十七年刊行)。
- 明治三十五年(一九〇二)一月、『日本文学史教科書備考』が開成館より刊行される。
- 同年十一月、『日本史教科書』が開成館より刊行される。
- 明治三十六年(一九〇三)六月、『近世絵画史』が金港堂書籍より刊行される。
- 明治三十七年(一九〇四)七月、『新体日本文学史教科書』が東京開成館より刊行される。
- 明治三十八年(一九〇五)十月、『国文学全史　平安朝篇』が東京開成館より刊行される。
- 明治三十九年(一九〇六)十月、『異本山家集　附録西行論』が本郷書院より刊行される。
- 明治四十一年(一九〇八)三月、『国文学史講話』が東京開成館より刊行される。
- 明治四十二年(一九〇九)九月、『松雲公小伝』が高木亥三郎により刊行される。

これら以外にも、明治三十六年に、校訂者として『今昔物語選』(袖珍名著文庫巻の五)、および『俳諧水滸伝』(袖珍名著文庫巻の十二)を、また同四十年にも、校訂者として『春雨物語』(袖珍名著文庫巻二十八)を、いずれも富山房(奥付の表記によるが、扉の表記は「冨山房」)より刊行している。また、藤岡の編著『新体国語教本』十巻が、明治四十一年に開成館より刊行されている。

この間に、名著として知られる『国文学全史 平安朝篇』により、藤岡は明治三十八年十二月に東京帝国大学より文学博士の学位を授与されている。

一方、美術の分野でも重要な役割を担った藤岡は、明治四十年、文部省美術展覧会美術審査委員会第一部(日本画)の審査委員に任命され、翌四十一年には第二部(洋画)の審査委員を兼任するようになった。

このようにきわめて精力的に活動しているようにみえる藤岡だが、実は病気と闘いながらの日々を送っていたのであった。明治四十三年(一九一〇)の一月末からは持病の喘息がきわめて悪化、二月に入ると肺炎を併発し、とうとう二月三日、心臓麻痺のためになくなった。享年は数え年で四十一歳、およそ三十九年と半年の生涯であった。

先述のように、藤岡の学術書の多くは講義にもとづくものであった。その死後も、彼の講義内容にもとづいて、次のような著書が刊行されている。

- 明治四十四年(一九一一)六月、『東圃遺稿 巻一』が大倉書店より刊行される。内容は、「国学史」「日本評論史」「国文学と風俗」から成る。

・大正元年(一九一二)九月、『東圃遺稿　巻二』が大倉書店より刊行される。「雑纂」として六十三篇の文章、ならびに「附録」として百十一篇の「書翰」が収められている。
・大正四年(一九一五)五月、『鎌倉室町時代文学史　東圃遺稿　巻三』が大倉書店より刊行される。
・大正六年(一九一七)一月、『近代小説史　東圃遺稿　巻四』が大倉書店より刊行される。

なお、昭和二十一―三十年(一九四六―一九五五)には、『藤岡作太郎著作集』第一冊―第四冊が岩波書店から刊行されていることにも付言しておく。

三　秀でた学友たちとの交わり

「近代「国文学」の肖像」の一冊となる本書では、第一章以降において、藤岡の学問の何たるかをさまざまな角度から考えてゆくことが中心となる。そうした主たる内容へと進む前に、この「略伝」の後半では、彼の学問そのものというよりも、学問の背後にある特徴の最たることとして、特に金沢における学友たちとの深い関わりの一端をとらえてみたい。鈴木貞太郎(大拙)、西田幾多郎、金田(山本)良吉らとの交友関係については、さまざまな資料から具体的に察することが可能である。若き日の藤岡作太郎にとって、良き刺戟を与えられたことは確実といえそうだ。また、彼らは後年に至ってもずっと深い関わりをつづけている。各人のおかれた環境、また各人のとった態度などを比較してみることで、藤岡という人の特性もみえてくるだろう。そして何より、藤岡が金沢を離れてから積み上げていった自身の学問そのものにおいても、秀でた学友たちからの影響がいささかなりともあるのだろうと予想もするのである。

＊

藤岡作太郎の遺したさまざまな原稿などは、「李花亭日記」、そして「李花亭抄録」などとともに石川近代文学館（石川四高記念文化交流館内）が所蔵している。まずは、その所蔵に至る経緯からおさえておこう。

既に前節で述べたように、藤岡は明治四十三年（一九一〇）二月に亡くなった。そのあと、西田幾多郎は遺族たちの経済面に気を配りつつ、藤岡の膨大な蔵書等を逐一調べ、かつその売却の交渉にもあたった。その結果、藤岡に『松雲公小伝』の執筆を依頼した前田侯爵家が、蔵書の多くを当時三千円で購入したという。[15] それからまもなく、明治四十五年（一九一二）一月にちょうど石川県立図書館が開館するのにあわせて、前田侯爵家は藤岡の旧蔵書を寄贈した。これが「李花亭文庫」である。ただし、西田は、蔵書を調べた際、特に藤岡自筆の写本などは別に分けて遺族のもとに遺るようにしたという。

一方で、藤岡の弟、藤岡幸二（一八八一―一九七五）の友人で、日刊紙『万朝報《よろずちょうほう》』の美術記者であった脇本十九郎《わきもとそくろう》（楽之軒《らくしけん》、一八八三―一九六三）は、のちに東京藝術大学教授ともなる美術史家であるが、京都市美術工藝学校中退後、明治三十九年（一九〇六）ごろから藤岡のもとで学び、また助手のような立場で藤岡を支えていた。その脇本が、藤岡の死後も大正十年（一九二一）まで藤岡家に住み込み、遺稿・蔵書などの整理にあたったという。こうして藤岡の自筆原稿、そして「李花亭日記」と称される日記などは、本郷区駒込西片町（現在の文京区西片）の藤岡家が所有しつづけ、のち昭和六十二年（一九八七）に同家から金沢の石川近代文学館へ一括寄贈された。[16]

遺されているのは原稿と日記だけではない。特に勉学の証ともいうべき書写した冊子の数々が、少年時代の藤岡の様子をありありと想像させる。一例を挙げると、「明治廿一年九月以降吾々が模範として学ぶべき漢文」と表紙に書かれた小冊子がある。題目が示すとおり、「学ぶべき漢文」を丹念に書写している。それらは帝国大学入学後に記された「李花亭抄録」よりも前、すなわち第四高等中学校時代のノートである。

そうした類いの冊子には、本体にしても表紙にしても、至るところにデッサンが描かれている。その多くは人の姿、貌である。とにかく絵を描くのが得意であり、勉学の合間に常々描いていたようである。西田は、藤岡の死から三十年後の昭和十五年(一九四〇)四月に刊行された『国語と国文学』の「藤岡博士と国文学」という特集号に、次のような追想を記している。

東圃が国文学に入つたのは、必ずしも彼の最初から決定した考へでもなかつた。上に云つた如く彼は何でもよくできた、そして特に文学に秀でてゐた。併し彼は画がとても好きであつた。ノートなどは云ふに及ばず、書物にまでも画の徒書きをする。私はクラスで彼と机を並べてゐたが、いつのまにか徒書きは私のノートにまで及んで来る。それは大抵馬琴の小説の挿画にある様な髷を結つた男や女の首であつた。彼は美術学校へ入りたいと云つてゐたこともある。(17)

まことに微笑ましいともいえるが、後年の藤岡は、平出鏗二郎との共著『日本風俗史』に使用する挿絵を自ら作成しており、その画稿も石川近代文学館に遺されている。第四高等中学校を卒業したあと、美術学校への進学という選択がありえたこともうなずけるところである。また、「李花亭抄録」の巻十には、明治二十七年(一八九四)に、東京美術学校の岡倉覚三《おかくらかくぞう》(天心《てんしん》、一八六三—一九一三)による講義筆記を書写したものがふくまれる。同校で受講した学生のノートを借覧したものとおもわれる。

*

藤岡の書き記した最初期の文章としては、前節でもふれたように、石川県専門学校附属初等中学科に在学中、同人誌『明治余滴』に書いたものが確認可能である。この同人誌については、最晩年の鈴木大拙も言及している。次に引用するのは、藤岡の死後五十年が経過した昭和三十五年(一九六〇)の五月、藤岡の近くで彼を支えていた脇本十九郎と、藤岡の長男である藤岡由夫が聞き役になって鈴木大拙に語らせた記録である。

鈴木　〔前略〕藤岡君では思いだすことがある。藤岡君の家にあるかどうかしらんが、明治余滴という、このごろでいう文学雑誌だが、わしら四、五人の仲間でだしたことがある。三冊か四冊。

脇本　由夫さんの家にのこつております。

鈴木　ありますか。それにでておるだろう。なにかあのころ書いたものが。

脇本　たいへん面白うございますね。

鈴木　ああいうのを藤岡君らとやつておつた。あのころ活版屋へ押しかけていつて、おそくていかんというので活字を組んだこともある。ああいうことをしつとるものはなかろう。明治余滴、まだありますか。わしももつておつたのを人に貸してなくなつてしまつた。

脇本　なかなか元気なものでございますね。

鈴木　あのころは皆漢文をやつたからね。文章をつくつて紙に書いて、授業が済んでから有志連中寄つて読んで、そしてお互に批評をするんだ。そんなのが明治余滴の材料になつたのだな。〔以下略〕[18]

こうして、藤岡と鈴木大拙は早くから深い交友関係を結んでいた。これが明治十八年(一八八五)のことであった。残念ながら鈴木は、藤岡たちとともに進んだ第四高等中学校の予科三年に入って早々に退学することとなった。その第四高等中学校での藤岡と学友たちとの交わりとして、もっとも注目されるのは「我尊会」の活動である。我尊会は、明治二十二年(一八八九)の五月に結成され、翌年の第四高等中学校卒業時に解散している。なお、我尊会解散後には「不成文会」が作られたが、参加者はかなり限られたようである。「卒業」といっても、実は仲間の一人、金田(山本)良吉は、既に同二十一年十二月、つまり我尊会結成前に退学していた。また、途中で理科に転科していた西田幾多郎も、同二十三年三月に中退となっている。彼らの退学に至る過程と我尊会の性格とは少なからぬ関係があるだろう。

そもそも、この会の結成は、単なる文藝同好会のようなものではなかった。そのあたりの事情について、鈴木大拙は、早々に退学していて当事者ではないにもかかわらず、ある程度は把握しているようで、最晩年に次のごとく語っている。

藤岡　ストライキをおやりになつたでしょう。

鈴木　それはわしがでてからだろう。明治の何年ですか、高等中学校というのが地方に四つか五つできましたな。金沢には第四高等中学校というのができたが、そのとき森有礼というのが文部大臣で、地方をまわってわしらの学校へきたことがある。あのころ薩摩の柏田守文(ママ)というのが校長になりましたが、薩摩と加賀とはちよつと仲が悪いほうだつたから、薩摩の奴がいばつているというようなこともあつたかもしれん。わしはストライキをやる前に学校を止めておつたからよくしらないが、あのころ西田とか金田とか松本文三郎、森田、あいう新進の若いのがいて、今でいう全学連と似たようなことをやつておつた。(19)

この発言にみえる「薩摩と加賀とはちよつと仲が悪いほうだつた」という事態が、「ちよつと」どころか、相当に深刻なものであったことは明白といえるだろう。遡れば、明治十一年(一八七八)五月、紀尾井坂の変で大久保利通《おおくぼとしみち》が暗殺された際の主犯も石川県士族の島田一郎《しまだいちろう》であった。

鈴木大拙も簡単に言及しているように、薩摩人である文部大臣森有礼《もりありのり》(一八四七―八九)が、明治二十年(一八八七)の十月、第四高等中学校の開校式にやって来て演説をおこなったこと、さらにその森が、柏田盛文《かしわだもりぶみ》(一八五一―一九一〇)という、同じ薩摩の出身者で鹿児島県会議長をしていた人物を第四高等中学校の初代校長に据えたことは、在学生たちにとって大きな転機となった。第四高等中学校の前身、石川県専門学校の校風が一変したからである。そのことが、金田、さらには西田の退学、そしてまた我尊会の結成ともかなり関わっていた。

このあたりについて、特に森有礼の演説に関する問題については、上田正行が詳細に検討している。(20) また、藤岡、西田たちの恩師である北条時敬《ほうじょうときゆき》(一八五八―一九二九)についての丸山久美子による評伝も参考になる。(21) 金沢生まれの北条は、当時、石川県専門学校・第四高等中学校の数学教員であり、英語も教えていた。西田を書生として寄宿させていたことでも知られる。のちには東北帝国大学総長、学習院長なども歴任した人物だが、特に西田、そして金田らからもとても慕われていた。北条は第四高等中学校が開校した年の翌年、すなわち明治二十一年(一八八八)九月に柏田校長と衝突したことで依願退職しているが、その年の十二月には、教員と衝突した金田が退学している(22)。後年の西田は、当時の様子を次のように記している。

専門学校と云ふのは、右に云つた様な学校であつたが、それが第四高等中学となつてから、校風が一変した。つまり一地方の家族的な学校から天下の学校となつたのである。〔中略〕師弟の間に親しみのあつた暖な学校から、忽ち規則づくめな武断的な学校に変じた。我々は学問文芸にあこがれ、極めて進歩的な思想を抱いてゐたのであるが、学校ではさういふ方向が喜ばれなかつた(23)。

当の西田も、金田と同様に反発の姿勢を示したことから、明治二十二年(一八八九)七月、「行状点」の不足となり落第、それゆえに文科から理科へと転じたのだが、結局は翌二十三年三月に第四高等中学校を退学している。先にも確認したように、我尊会の結成は明治二十二年五月、つまり既に金田が退学し、西田も落第になろうというその直前である。

ここで、我尊会結成前夜というべき時期の写真を確認してみたい。図1は、明治二十二年二月十一日、大日本帝国憲法発布にあわせて集まった七名の写真である。前列左に藤岡、前列右端に金田、そして後列右から二番目に西田がいる。金田が持っている旗幟《きし》には「頂天立地自由人《ちょうてんりっち》」と記されている。「頂天立地」は、中国、南宋の時代(十三世紀半ば)に成立した禅宗の歴史書『五灯会元《ごとうえげん》』にみられる言葉で、「天を頂いて地に立つ」と訓読される。独立の気概を示す言葉である。この日の撮影について、西田は次のように回想している。

図1　我尊会結成前の集合写真
(大日本帝国憲法発布日)

かゝる不満な学校をやめても、独学でやつて行ける、何事も独立独行で途を開いて行くと云ふ考であつた。憲法発布式の日に、我々数人で頂天立地自由人といふ文字を掲げて、写真をとつたこともあつた。(24)

写真の中で、ただ藤岡一人だけがきわめて小柄で、大人たちの中に紛れ込んだ小学生のようにすらみえる。そうした外見に関わることはともかくとして、さらに留意すべきは、この学友たちの示した姿勢であろう。「武断的な学校」の体制に反発し、退学してゆく金田・西田らの自由を希求する生き方は、いわば筋金入りとでもいえるだろう。そして、我尊会の結成こそ、まさにそうした若い彼らの希求する理想にも深く関わることはいうまでもあるまい。

ここで注意しておきたいことは、高等中学校を退学するに至る金田と西田が示した一種の反骨精神を、無事に卒業している藤岡などがどの程度共有していたのかということである。たとえば、『我尊会文集』に書かれた藤岡・

西田の文章を検討した上田正行は、先述の森有礼文部大臣の開校式への臨席、さらにその二年後の森暗殺の一件を承け、森の精神・心中に思いをはせる藤岡と、森のことをまったく無視する西田とが好対照であることをとらえている。(25) このあたりのことは、藤岡の学者としての基本的な姿勢にも関わってくる面があろう。

なお、卒業後の藤岡作太郎は、一年のブランクがあったとはいえ、帝国大学文科大学国文学科の正規学生となったわけだが、退学した学友たちはどうなったか。経済的な理由で早々に退学した鈴木貞太郎(大拙)にしても、金田(山本)良吉、西田幾多郎にしても、(鈴木と金田は教員生活を送った時期などが途中にはさまるのだが)結局はそれぞれ帝国大学の選科の学生となっている。(26) 選科の学生は、教員の許可さえ得られれば授業の履修は可能であったが、学位が授けられることはなく、何より正規の学生との差別化がなされていた。このことについては、西田の証言がある(傍線は引用者による。以下同)。

当時の選科生といふものは、誠にみじめなものであつた。無論、学校の立場からして当然のことでもあつたらうが、選科生と云ふものは非常な差別待遇を受けてゐたものであつた。今云つた如く、二階が図書室になつてゐて、その中央の大きな室が閲覧室になつてゐた。併し選科生はその閲覧室で読書することがならないで、廊下に並べてあつた机で読書することになつてゐた。三年になると、本科生は書庫の中に入つて書物を検索することができたが、選科生には無論そんなことは許されなかつた。それから僻目かも知れないが、先生を訪問しても、先生によつては閾が高い様に思はれた。私は少し前まで、高校で一緒にゐた同窓生と、忽ちかけ離れた待遇の下に置かれる様になつたので、少からず感傷的な私の心を傷つけられた。(27)

傍線部にみえる「同窓生」には、インド哲学・仏教美術史の松本文三郎《まつもとぶんざぶろう》(一八六九―一九四四)のほか、藤岡も確実にふくまれるだろう。こうした待遇の差は、のちの就職にもおそらく影響する。松本は第一高等学校教授を経て三十代後半で京都帝国大学教授になっている。なお、松本はのちに同大学文科大学の学長として、西田の京大招聘に関わる。一方の藤岡は、帝国大学卒業直後こそ職を得られなかったが、第三高等学校教授を経て、数え年三十一歳で東京帝国大学助教授に就いている。金田、鈴木、西田らと比べてあまりにも早い出世といえるだろう。ちなみに、西田が紆余曲折を経て京都帝国大学助教授となるのは、藤岡の亡くなる年、明治四十三年(一九一〇)のことであった。

このように、藤岡は秀でた学友たちの間でもいわば出世頭といえる。だが、それはそれとして、「差別待遇を受け」たと認識し、「心を傷つけられた」という西田が、結局はその後もずっと藤岡との交友を重ね、その死後は遺族のために尽力していることに留意したい。

＊

ここで、我尊会を結成した彼らの関わりのあり方をいきいきと伝える藤岡の文章にふれてみたい。『我尊会文集』に寄せた「年暮の詞」というエッセイで、明治二十二年(一八八九)の歳末に書かれたものである。

遠き所ハ扨置て先づ近い例を云ふに我が我尊会の文、何時もハ日課が急ハしくて思ふ通りに書けぬにもしろ今度ハ寒中の休暇、まて〱名文を案して会員を驚かして呉れう、扨何がよからう、漢文面白し、以て日比吾輩の漢文を誹謗する有翼愚物等に一吃驚も百愕もさせてやらうか、併し待てよ、我等がそんな名文を作てハ漢文を以て自ら任ずる淡斎の顔が潰れて可愛さうだ、〔以下略〕(28)

傍線部「有翼愚物等」の「有翼」こそ西田幾多郎の雅号である。また、「愚物」はのちに第五高等学校(熊本)で夏目《なつめ》金之助《きんのすけ》(漱石《そうせき》)の同僚であった長谷川《はせがわ》貞一郎《ていいちろう》、そして漢文に優れる「淡斎」は、のち明治二十四年(一八九一)に自殺してしまう川越宗孝である。右の引用箇所のあとでは、漢文につづいて、翻訳、紀行などに取り組もうかと記すものの、いずれもうまくゆかず、「エー何うせう〳〵と泣てもわめいても此辛い世界に趣向ハ天から降ても来ず、次第々々に日限切迫」という調子のことが綴られている。

この部分からは、漢文についてはとりわけ川越が秀でていたこと、また西田からは藤岡の漢文が「誹謗」されていたことが示唆される。藤岡について、西田はたとえば、「東生に戒むべきは小説の乱読なりとす」(29)と評し、また川越と藤岡を次のように対比してみせる。

而して淡斎子の文は其源を漢に発し、東圃生の文は其本を和に帰す。淡斎子の文はよく理を解し、東圃生の文はよく情を写す。淡斎子の文は雄健、東圃生の文は優美、淡斎子の文は雅、東圃生の文は俗。〔以下略〕(30)

藤岡作太郎という国文学者の代表的著作が『国文学全史　平安朝篇』であり、その中でも特に「漢」より「和」が重んぜられていることは、本書の第二章でもとりあげることになる問題である。若き日の西田が、漢文に優れる

図2　我尊会解散の年の集合写真

図3　旧第四高等中学校本館

川越と対比してとらえた藤岡の特性は、おそらく正鵠を射ていたのだろう。

ここで、もう一枚の写真に注目しよう。図2は、我尊会の解散間近という時期の写真である。西田幾多郎が所持していたこの写真の裏には、西田による書き込みがあり、『我尊会文集』があわせて「二十有余」の集、「数百篇」の文章に及ぶこと、また「明治二十三年六月」という撮影の時期などが記されている。さらに西田は、その裏のスペースに、写された七人の位置に対応するよう、それぞれの雅号と本名とを記している。それによると、前列左の小柄な男子がもちろん藤岡作太郎、そのとなりの眉目秀麗な人物が川越宗孝、そのとなりが松本文三郎、後列左端が長谷川貞一郎、そのとなりが金田（山本）良吉、一人おいて右端が西田幾多郎である。

＊

第四高等中学校（図3）の同窓生たち、特に我尊会での交友関係、あるいは文事の一端をとらえてみた。これらの学友たちとの関わりの中から、藤岡の人格とその学問のいしずえが形成されたことは間違いあるまい。

一方で、帝国大学入学以降の人々との関わり、特に芳賀矢一との関係はもちろん重要であり、第一章以下でしばしば言及することになろう。さらに、藤岡の教えを受けた者たちの証言の類いも、藤岡の学問をおさえてゆく上で看過しがたい。たとえば、京都の第三高等学校からあえて「藤岡先生の講義一つを頼って」東京帝国大学に進んだという高木《たかぎ》市之《いちの》助《すけ》（一八八八―一九七四）の熱烈な言葉がよく知られているが(31)、藤岡の学問から刺戟を受けた人たちの発言についても、第一章以降で適宜参照してゆくこととしよう。

（1）引用は、藤岡作太郎『国文学全史 平安朝篇』（東京開成館、一九〇五年）に拠る。現在、もっとも入手しやすい秋山虔・篠原昭二・小町谷照彦校注『国文学全史 平安朝篇』1・2〈東洋文庫〉（平凡社、一九七一・七四年）は、藤岡の文語文を現代仮名遣いにあらためているため、どうしても違和感がぬぐえない。そこで、同書の引用にあたっては一九〇五年版の本文を用い、同書の頁数、東洋文庫版の頁数の両方を示すこととする。なお、旧字体は基本的に新字体に改めた（以下、他の文献についても同じ）。

（2）村角紀子「〈研究ノート〉藤岡作太郎の美術研究活動――明治三十五年、須賀川、亜欧堂田善」（『MUSEUM 東京国立博物館研究誌』六一五、二〇〇八年八月）。

（3）青木茂編『明治日本画史料』（中央公論美術出版、一九九一年）、六五頁の〔註〕。

（4）この生前未発表の文章の初出は、一九五〇年刊行の『藤岡作太郎博士著作集』第三冊（岩波書店）。

（5）藤井乙男「伝記」（藤岡由夫編『藤岡東圃追憶録』自家版、一九六二年〈復刻増補版、初版は一九一二年〉）。また、藤岡の生涯、著作年表、業績・関係資料などの諸情報を集めたものとして、昭和女子大学近代文学研究室『近代文学研究叢

書 第十一巻』(昭和女子大学近代文化研究所、一九五九年)の「藤岡作太郎」(八三―一四一頁)が詳細である。

(6) 注(5)、前掲の「伝記」。なお、このことは父通学が遺している自伝によっても確認可能である。野村精一「藤岡東圃の初期(六)――その家系について㈠」(『山梨大学教育学部研究報告』二六、山梨大学教育学部、一九七五年十二月)が紹介、検討している。

(7) 野村精一「藤岡東圃の初期(八)――その家系について㈢」(『山梨大学教育学部研究報告』二八、山梨大学教育学部、一九七七年十二月)が、母方のことを詳細に検討している。なお、この論文では、高木佐六が十村の番代(事務局長のような役)ではなく、より低い立場である番代手伝であったことを証する複数の文書を紹介した上で、番代への「昇格を裏付けうる史料は管見に入らなかった」としている。

(8) 注(5)、前掲の「伝記」、三頁。

(9) 野村精一「藤岡東圃の初期(三)――「明治餘滴」そのほか」(『山梨大学教育学部研究報告』二三、山梨大学教育学部、一九七三年二月)に、その紹介がある。なお、注(5)、前掲の「伝記」では「東圃の号も元来は荳圃で、少年時代に豆と諢名された名残である」と説明され、他の藤岡に関する文献も多くは同様に説明している。小柄な藤岡についたあだ名から、まずは「荳圃」と号したというわけだが、この野村論文では、「荳圃」(もしくは「荳甫」)の確認可能な最初の使用例が明治二十五年(一八九二)であることにより、「荳圃」から「東圃」に換えたという可能性を否定している。

(10) 山本良吉「藤岡博士の思出」(『国語と国文学』一七-四、至文堂、一九四〇年四月)。また、これを受けて河添房江は、藤岡の「特異な源氏研究の一年」に注目し、その「研鑽の時間が、『国文学全史 平安朝篇』にも遺憾なく活きていると思われる」と述べている(「藤岡作太郎・国文学全史の構想」『東京学芸大学紀要 人文社会科学系Ⅰ』六八、東京学芸大学学術情報委員会、二〇一七年一月)。なお、この河添論文は、『東京大学草創期とその周辺 2014-2018年度多分野交流演習「東京大学草創期の授業再現」報告集』(東京大学大学院人文社会系研究科、二〇一九年)にも改稿の上収載されている。

(11) 野村精一「藤岡東圃の初期(一)――「李花亭抄録」について」(『山梨大学教育学部研究報告』二一、山梨大学教育学部、一九七一年三月)。

(12)　大久保純一郎「漱石と藤岡作太郎(上)——詩と美学の媒介」(『英語文学世界』七‐一、英潮社、一九七二年四月)、および注(9)、前掲論文に紹介がある。

(13)　『北国新聞』掲載の藤岡の作品については、野村精一「藤岡東圃の初期(四)——日清戦争と新聞小説」(『山梨大学教育学部研究報告』二四、山梨大学教育学部、一九七四年二月)、および同「藤岡東圃の初期(五)——〝歴史的小説〟論とその周辺」(『山梨大学教育学部研究報告』二五、山梨大学教育学部、一九七五年二月)が紹介、かつ検討している。

(14)　松田章一「今川覚神と藤岡作太郎——明治二十八・九年の動静」(『金沢学院短期大学紀要「学葉」』四五、金沢学院短期大学、二〇〇四年三月)に詳しい紹介がある。

(15)　「松雲公」というのは、加賀前田家の五代目藩主、前田綱紀《つなのり》(一六四三—一七二四)のことである。

(16)　以上、村角紀子「解題」(村角紀子編『藤岡作太郎「李花亭日記」美術篇』中央公論美術出版、二〇一九年)に拠りつつ要約した。

(17)　西田幾多郎「若かりし日の東圃」(『西田幾多郎全集 第十巻』岩波書店、二〇〇四年)、三九五—三九六頁。

(18)　「鈴木大拙先生と東圃を語る」(注(5)、前掲の『藤岡東圃追憶録』〈復刻増補版〉)、一三一頁。

(19)　注(18)、前掲記事、一三〇頁。

(20)　上田正行「『我尊会文集』に見る若き日の藤岡東圃」(『國學院雑誌』一一一‐二、國學院大學、二〇一〇年二月)。

(21)　丸山久美子『双頭の鷲——北条時敬《ときゆき》の生涯』(工作舎、二〇一八年)、六〇—六五頁。

(22)　上田久『山本良吉先生伝——私立七年制武蔵高等学校の創成者』(南窓社、一九九三年)、一七—二八頁に詳しい。

(23)　西田幾多郎「山本晁水君の思出」(注(17)、前掲書)、四一四—四一五頁。

(24)　注(23)、前掲記事、四一五頁。

(25)　注(20)、前掲論文。

(26)　金田良吉は明治二十五年(一八九二)に法科大学政治学科選科に入学ののち文科大学哲学科選科へ、鈴木貞太郎は東京専門学校を経由したのち明治二十五年に文科大学哲学科選科へ、また西田幾多郎は明治二十四年、やはり文科大学哲学科選科へ、それぞれ進んでいる。

(27) 西田幾多郎「明治二十四五年頃の東京文科大学選科」(注(17)、前掲書)、四〇九―四一〇頁。

(28) 上田正行「【翻刻】『我尊会文集　第二』(藤岡作太郎　続)」、「二五、年暮の詞」(『金沢大学歴史言語文化学系論集　言語・文学篇』一、二〇〇九年三月)。

(29) 西田幾多郎「我尊会有翼文稿」、「我尊会員諸君を評す」より「東圃生に一言」(『西田幾多郎全集　第十一巻』岩波書店、二〇〇五年)、三六六頁。

(30) 注(29)、前掲の「我尊会有翼文稿」、「我尊会員諸君を評す」より「淡斎子と東圃生」、三六五頁。

(31) 高木市之助『国文学五十年』(岩波新書、一九六七年)、三八―四八頁。

第一章　「文明史」を志向する

一　「文明史」への意識

ここまで、藤岡作太郎という人物が、金沢において日本の知性を代表するような人物たちとの深い交わりの中から育ってきたことをとらえた。もちろん彼の生来の特性と、そうした彼をとりまく環境との関わりによって、藤岡の学問も錬成されていったのだとおもわれる。

ここからは、藤岡の学問そのものをとらえてゆくわけだが、まずは「文明史」という言葉を手がかりにしてみる。藤岡が活躍した当時も、またその死後も、彼は国文学者と認識されてきた。それは、もちろん誤りというわけではない。また、彼の代表的な著述は『国文学全史 平安朝篇』とされてきた。したがって、この人物については、通常「文学史」という言葉がいつもペッタリとくっついているというイメージがあるだろう。

そもそも、藤岡が国文学科に進んだ明治二十四年(一八九一)前後というのは、まさに「文学史」濫立の時代に入るころでもあった。本書の第二章でみてゆくことになるが、たくさんの「文学史」が刊行されつづけていた当時にあって、ひときわ高い評価を得た『国文学全史 平安朝篇』の著者、藤岡作太郎は、いわば国文学の世界における若きエースといいうる存在であっただろう。

そのようなわけで、藤岡と「文学史」との結びつきはとりわけつよいものと感じられるのだが、藤岡の遺した業績を振り返ってみれば、この人が向きあっていた対象が狭義の「文学」にとどまらないことは、すぐにわかる。たとえば、帝国大学文科大学国文学科に在籍中、既に藤岡は、平出鏗二郎との共著『日本風俗史』上・中・下編（東陽堂、一八九五年）のための原稿執筆におわれていた。また、子どものころから絵を描くのが得意であって、第四高等中学校卒業後の進学先として美術学校をも視野に入れていたほどの藤岡は、明治三十六年（一九〇三）に『近世絵画史』（金港堂書籍）を公刊している。他方において、明治二十九年（一八九六）には『国史綱』前・後編（錦光館）、さらに同三十二年には石田鼎一との共著『日本史教科書』（三木佐助）というように、二十代後半の藤岡は、歴史の概説書および教科書をも立て続けに執筆している。

こうした藤岡の多角的な執筆活動については、明治時代の人文学における学問分野（ディシプリン）の分化が今に比べてゆるやかであったという状況と関わる面が確実にあるだろう。久松潜一《ひさまつせんいち》（一八九四―一九七六）が指摘するように[1]、明治二十年代の国文学者が国史（日本史）の著述を発表するのは珍しいことではなく、たとえば藤岡より三歳年長の芳賀矢一にしても、同じころに『新撰帝国史要』上・下巻（冨山房）を著している（刊行は明治二十九・三十年）。とはいえ、風俗史、絵画史などまでも著すということになると、藤岡の右にでる者は見あたらないだろう。

そうした射程のひろさがいかに重要なのかということは、ほかならぬ藤岡自身がつよく意識していたとおもわれる。というのも、彼の代表的な著作の中で、そうした重要性を指摘する一節が見いだされるからである。

その例として、たとえば文学（文筆）と藝術との関係について述べている箇所をとりあげてみよう。次に引くのは、明治三十六年刊行の『近世絵画史』における「緒言」（金港堂書籍版では「凡例」）の第一項である。

一 近来発行の著述、汗牛充棟も啻《ただ》ならずといへども、芸術の方面より国民思想の開展、社会文化の発達を説きたるものは、極めて稀なり。蓋し芸術にたづさはるものは文筆に疎く文筆にたづさはるものはまた芸術に暗ければなり。〔以下略〕(2)

（一頁）

この傍線部は、文学（文筆）と藝術とを分けへだててしまうことへの警句といえるだろう。そして、こうした警句を「緒言」の第一項で示すところに、これら二つの分野に渉って論じるだけの能力をそなえているのだという、藤岡の自らを恃《たの》む心を読みとることもできるのではないか。さらにまた、この第一項の前半では、「国民思想の開展」と「社会文化の発達」を「芸術の方面」から説くことを理想とする姿勢もかいまみえるのだが、特に「国民思想」と藤岡との関わりについては、この章の三節でとりあげることとしよう。

つづいて、明治三十八年（一九〇五）刊行の『国文学全史 平安朝篇』における「緒言」にも注目してみよう。次の引用は、「緒言」の第三項である。

一、文明史の一部として本篇を見るもの、或は書籍の解題などの煩雑なるを非難せん。然りといへども、わが国、文藝の研鑽日いまだ浅く、古名著の定本も成らず、その時代も決せざるもの少からず、これを以て文学史を説くに当りてや、まづその材料の価値を考査する必要あり。この書において、たとひ他はこれを煩雑なりとすとも、われはむしろ省略に過ぎたりとせん。〔以下略〕(3)

（一―二頁／1・iii頁）

この傍線部が示唆しているのは、『国文学全史 平安朝篇』の読者の中に、「文明史の一部として」この著書を読もうと期待する人がいることをはっきり自覚しているということである。さらには、そうした読者の要請にも応えてゆくことが望ましいという意識、あるいはそうした「文明史の一部」たらんとする意欲すらもくみとれよう。

こうした一節がみられることから、明治三十年代において、「文学史」が国文学というひとつの学問領域の中に閉じこもったままでよいはずがないといった見方があること、そしてその見方が藤岡ただ一人のものでもなさそうだということが推察されよう。

とはいえ、学問の分野を跨いでゆくということは、単に学ぼうとするだけでも負担が大きくなる話である。しかも諸文献がまだまだ整っていなかった当時、分野を渉りながら概説書、教科書、さらに本格的な学術書をまとめあげてゆくことには、計り知れない負荷がかかったことだろう。そして、何より大切なのは、既成の学問分野を超えて、いったい何と何とをとりあげてゆくのかということである。国文学科に進んだ若き日の藤岡は、いったいどのような分野の越境を考え、実践したのか。

二　文学研究からの越境——風俗史と絵画史を中心に

1　『日本風俗史』の場合

藤岡は帝国大学の学生であったときから、既に越境、横断を開始していた。それは「風俗史」という、当時、真新しいといえるジャンルの開拓へとつながる。その点について、同級生の一人、鈴木大拙は後年、藤岡の子息（藤岡由夫）たちを相手にして、『日本風俗史』を例に、藤岡の執筆活動を評している。

鈴木　〔前略〕もう一つえらい点は、大学在学中に日本風俗史をかいた。
藤岡　平出鏗二郎さんと一緒に……。
鈴木　あれは名古屋の医学校をでて東京へきておつたんだな。やはり専科《ママ》だつたかな。医者で文学がすきだつたのだな。それで藤岡君と風俗史を書いた。
藤岡　このごろ風俗史を書かれる歴史の先生がありますかね。
鈴木　ああいうことをはじめて着眼した。そして学生時代コツコツと、何時の間にこしらえたかと思うくらいで……。(4)

藤岡は同級生の平出鏗二郎と一緒に、学生時代から「風俗史」の原稿執筆に取り組んでいたのである。鈴木が回想しているとおり、平出は、明治二十三年（一八九〇）に愛知県立医学校を卒業後、翌年、帝国大学文科大学国文学科の選科に入学している。そして帝国大学卒業後は文部省に入り、編纂官となった人である。『日本風俗史』は、その平出と藤岡の共著であるが、とにかく鈴木大拙は、風俗史というものに「はじめて着眼した」ことを評価している。文明・文化の中心といいうるような対象よりも、むしろ周縁にまで関心の領域をひろげ、しかもそれらを通史としてまとめてゆくということは、たしかに画期的な試みであっただろう。個別の風俗、風習などに関しては、江戸時代においてもとりあげている例が少なくなかろうが、些末ともいえるような事物までをふくめ、大きな構想のもと、各時代ごとに、しかもそれなりに体系的にまとめられているということは、帝国大学の学生という若さがもたらした大胆な成果ともいえそうだが、とにかく卒業後まもない時点で三巻に及ぶ長大な「風俗史」が公刊されたことは、やはり特筆すべきこととおもわれる。

その『日本風俗史』の内実をとらえるため、ここでは、その全体の構成、および一部の目次を示してみよう。

まず、基本的には時代順に編成されていて、上編は「序説」につづけて、第一期から第六期まで、それぞれ「太古」「韓地服属の世」「仏教渡来の世」「寧楽時代」「平安時代」「源平時代」という名で区分されている。同様に中編は、第七期の「鎌倉時代」、第八期の「室町時代」、第九期の「織田豊臣時代」に分けられる。また、下編は全体が第十期の「江戸時代」である。そして、それらの時代ごとに、実に多様な「風俗」がおさえられている。具体的には、「凡例」の第四項において、「此書の本領とするところは宗教思想、人情道徳、衣食住、冠婚葬祭、年中行事、及び歌舞遊戯にあるを以て、これを風俗史と名づけたるなり(5)」と記している。

ここではさらに具体的にとらえるため、第五期の「平安時代」の「目録」(目次に相当)から、各章と各節、さらに各項目を引用してみよう。

第一章 歴史上の概見

藤原氏の顕栄…貴族の逸楽…諸国の騒擾…遣唐使の廃止…外交の衰微

第二章 社会の情態

第一節　社会の組織
門閥の弊…藤原氏…公卿大夫、殿上地下…後宮…神人僧侶の暴横…南都北嶺…寺僧、山僧
第二節　民法
財産分配…勘当…田宅寄捨
第三節　産業
農耕…美術工藝の進歩…絵画、彫刻…商業…盗賊蜂起…国産…舶載品
第三章　宗教、教育、道徳
第一節　宗教及び惑信
仏教…最澄、空海…天台、真言の両宗…神仏同体説…神社の制…仏教の盛連（ママ）…法会供養…灌頂受戒…祈禱調伏…神道…忌詞…触穢…陰陽道…宿曜道…暦術…惑信…物忌…方違…庚申待…物ノ怪…吉凶…禁厭…淫祠…人身の犠牲…夢解
第二節　教育及び人情道徳
国学私学の興廃…詩文…浮華軽佻の風…男女の情愛…淫靡の風…血族婚姻の漸廃…男女表面の礼儀…男色
第四章　平安京、及び諸国の交通
平安京…条坊の区画…東西市…右京荒廃…宮城荒廃…諸国の交通…難波津…遊女
第六章（ママ）　衣食住

第一節　家屋、調度、及び車輿

宮城…四阿造…第宅の内部…室礼…塗籠、帳台…障子…灯火…建築の発達…第宅の宏壮華麗…園囿…別業…河原院、宇治の別業…車輿…車輿の種類…牛車…途上の敬礼

第二節　服飾容儀

男子の服装…大礼服…束帯…服色…直衣、指貫…狩衣、直垂、水干…女子の服飾…鉛粉…臙脂…冠帽、屐履…行旅の服装…笠傘…壺装束…衣服の華美…襲ね色…強装束…染色法の衰廃…裾の制

第三節　飲食

飯の種類…魚介…肉食の衰微…菜蔬果蓏…唐菓子、餅…嗜好品…合食の禁…庖刀術…食器…饗応…酒…茶

第七章　冠婚葬祭

第一節　婚姻

婚儀…後朝の書…露顕…夫妻共棲…一夫多妻

第二節　出産

堕胎…鎮帯（ママ）[6]…産湯…散米…産養…戴餅

第三節　元服

うひかうふり…裳着…元服の日時

第四節　喪葬

厚葬の風…散骨…陵制…屍体放棄…荼毗所…はての業

第八章　年中行事

践祚、即位…大嘗会…斎宮、斎院…加茂祭…春日祭…八幡、稲荷等の祭…諸社行幸始…行幸の鹵簿…仏事…灌仏、盂蘭盆会…三会…国忌…釈奠…治政に関する儀式…四方拝…三節…節供…射技…五節舞…大饗…被物…心葉…洲浜

第九章　歌舞遊戯

第一節　歌舞音楽

歌舞の流行…楽器…古風の楽及び外国の楽…神楽…催馬楽…東遊…風俗…朗詠…今様…白拍子…俚歌、俗謡…猿楽、田楽

第二節　嬉遊雑戯

歌合、根合の類…薫香…探韻、韻ふたぎ、偏つきの類…蹴鞠…玩具…つくり花、雪山…飼犬飼猫…浴養(7)

このように多岐にわたっているが、それは平安時代に限ってのことではない。ちなみに『日本風俗史』が刊行されたのは明治二十八年(一八九五)であるが、明治政府が『古事類苑』の編纂を開始し、その刊行が始まるのは翌年、すなわち明治二十九年であり、その完成は大正三年(一九一四)である。こうした本格的にして大規模な類書が刊行される以前に、藤岡と平出は二人だけで「太古」から「江戸時代」の諸々の事象を扱っている。このことに、まず

は瞠目させられる。また、本書の特色として、きわめて多くの図版が用いられているのも留意される。既に「略伝」でふれたように、藤岡自身が本書のために挿図を多く描いており、「日本風俗史画稿」(石川近代文学館蔵)として遺されている。

この藤岡たちの示した「風俗史」について、日本史学者の芳賀登は、藤岡が「明治国家の開化政策に対するつよい抵抗感をもってい」ながらも、「明治国家への本質的批判」をしていないという姿勢をとらえて、たとえば「社会風俗にスペースをさき、庶民風俗への関心を明確にしてい」るにもかかわらず、彼の学問が「人民をおさえる側に立つ学問となり、保守主義的であった」ことを、批判的に位置づけている。(8) この藤岡の学問が有する保守主義的な性格については、次の第二章、「文学史」の検討でもとりあげることになるだろう。そのように指摘される限界はあるものの、社会、さらに庶民へのまなざしを獲得したことの意味は小さくないだろう。

たとえば、野村精一がつよく共感しつつ紹介しているように、(9) 藤岡と同年の生まれで、当時、新進気鋭の批評家として活躍しはじめていた田岡嶺雲《たおかれいうん》(一八七〇―一九一二)による『日本風俗史』への評価が注目されるだろう。これは、『日本風俗史』上編刊行から間もない、明治二十八年三月の記事である。

一般の所謂歴史なるものは、国家政治の変遷史にして、治乱興敗の如き上層潮流の波瀾の迹を写すに過ぎず。風俗史なるものはこれに異なり、国家内面の真面目を描き、社会暗流の趨向を詳にするものなり。これは裏面的にして、彼は表面的なり。此は内心的にして、彼は外形的なり。此は心理的にして、彼は生理的なり。此は深く社会なるもの、奥秘に透徹すれども、彼は唯に国家上層の皮想を観るべきのみ。此は平民的にして、彼は貴族的なり。此は文学的の趣味を帯びて面白く、彼は経済的の見解を加味して無味なり。故に真に一国々民の開化の迹を尋ねんとせば、彼を捨て丶此に依らざる可らず、一国の風俗史はその国の開化史なり、社会史なり。而るに我国従来かの一般歴史に於ては汗牛啻ならざるも、未だ風俗史と称すべきものあらず、これ実に吾史学否、寧ろ吾文運上の一大欠点といはざる可らず。今や藤岡作太郎及平出鏗二郎両氏は、其多年の蘊蓄を啓きて、『日本風俗史』の著あり、其資料の豊富、観察の緻密なる、以て著者二氏の学と識とを察すべし。〔中略〕嗚呼、近時所謂大家博士の徒すら、時の流行に追はれて射利的に片々たる兎園の小冊子を公にして得々たるの間に於て、此の如き大部不朽の作をなす。著者の功や没す可らず。(10)

ここで田岡が述べている風俗史の意義については、今もなお、あまり古びていないようにみえる。樋口一葉《ひぐちいちよう》(一八七二—九六)の天才をいち早く見抜くセンスをもちつつ、貧しく虐げられていた人々に向きあうことを大切に考えていた反骨の思想家田岡が、このように藤岡たちのなしえた学的達成を絶賛していることには、特に留意しておきたい。藤岡当人については、『国文学全史　平安朝篇』のインパクトゆえに、田岡のいう「平民的」なものよりも「貴族的」なものとむすびつけてとらえられる傾向があるかもしれない。また、その後の藤岡が「平民的」なものを積極的に主たる対象として据えたとはいいがたいかもしれない。だが、学者として、著述家として、これほど画期的な仕事をなしえた藤岡の潜在力をあなどることはできないようにおもわれる。

2 『近世絵画史』の場合

藤岡が国文学という枠を超えて活躍し、積みかさねていったさまざまな業績の中でも、特に高く評価されつづけてきたのが、金港堂書籍から明治三十六年(一九〇三)に刊行された『近世絵画史』である。石川近代文学館が所蔵するその自筆原稿は、四〇〇字詰で三七一枚におよぶ。初版の刊行から版が重ねられ、ついには八十年後の昭和五十八年(一九八三)七月にも、ぺりかん社から出版されている。真の名著といえるだろう。

そもそも日本美術の本格的な史書と呼びうるものは、この藤岡の著書以前には、帝国博物館の編集による『日本帝国美術略史稿』(農商務省)のみであり、しかもその刊行は明治三十四年、つまり藤岡の著書が出るわずか二年前のことであった(11)。

この『近世絵画史』は、書名が端的に示すように「近世」の「絵画」に限られた美術史書である。正確には、刊行の年、明治三十六年あたりまでをふくむのだが、いずれにしても時代が限定されたことにより、濃密な内容にまとめられることとなった。

全体の構成は、近世という時代を五期に分けている。各期についての簡略な説明文も添えて引用してみる。

第一期　狩野全盛

　寛永の頃を主として、ついでに遥かにその後におよぶ。

第二期　横流下行

元禄の前後より、享保に至るまでのことを主とす。

第三期　旧風革新

享保以後、宝暦を経、安永前後を中心として、寛政におよぶ。

第四期　諸派角逐

寛政より文化、文政を中心とし、天保を経て、維新の際におよぶ。

第五期　内外融化

明治の初年より、その三十五、六年頃までのことを概説す。(12)

それぞれの時代について、画人、画派などごとに章が立てられ、詳細に書かれている。特に、執筆当時にはまだ評価の低かった画人の価値を認めている例などが注目される。ここではその一端として、現在、世界的といえるほどの人気を博している伊藤若冲《いとうじゃくちゅう》（一七一六―一八〇〇）の例をみてみよう。

まずは『日本帝国美術略史稿』の方を確認してみると、若冲についての説明は代表作を列挙した部分をふくめても八行にとどまり、その評価としては、「其の図奇怪にして著色穠麗なり。若冲常に鶏数羽を飼ひ、晨夕其の形状の諦視してこれを写し。静動、鳴啄の意態一々逼肖窮尽せざるは莫し」(13)と述べるのみである。「逼肖《ひょくしょう》」は酷似するの意であり、その特色に言及してはいるのだが、「奇怪」というややネガティヴな評が真っ先に示される。

これに対して、藤岡は若冲の説明に初版本で一頁半以上をついやし、特に「密画」を高く評価するとともに、具体的な作品を挙げつつ丁寧に解説している。さらに加えて、望玉蟾《ぼうぎょくせん》（望月《もちづき》玉蟾、一六九三―一七五五）、曾我蕭白《そがしょうはく》（一七三〇―八二)と若冲の三人、および池大雅《いけのたいが》(一七二三―七六)も含めて総括的に批評し、「いづれも奇矯の士」と世人からいわれてきたものの、単に「奇矯なるもの」ではなく、彼らが「真率」であると評価する。そして、池大雅以外は「世人」によって「風狂」とされるばかりであり、「多くは世に容れられ」ていない状況を嘆くのである。(14)

もちろん、すべてにわたり藤岡の示した評価が今日の美術史学の水準からみて適切ということではないのだろうが、(15)当時、わずかばかりの博物館があるだけで、まともな美術館すらないという環境下で、ここまで的確に美術史書をまとめあげた藤岡の慧眼と力量は特筆すべきであろう。

なお、こうした藤岡の『近世絵画史』が、西田にはどのようにみえたか。実は、かなり手厳しい批評を示しているのだが、それは、西田からの影響ということについて検討する次節において示すこととしよう。

藤岡の美術史関連の研究活動に関する近時の研究成果として、村角紀子による「李花亭日記」(明治三十一年十二月から三十六年の全文)、「李花亭抄録十二」(一部)の翻刻、ならびに七十頁近くにおよぶ「解説 絵画史ネットワーク――郷里・帝都・旧都」がある。(16)この「解説」では、藤岡の美術史、絵画史に関わる学習、教育、そして『近世絵画史』の著述内容と掲載図版などに関して緻密な考証が重ねられるとともに、藤岡の美術史観、ならびに彼の「絵画史ネットワーク」が詳細に論じられている。膨大な分量におよぶ「李花亭日記」の翻刻とあわせて、今後の研究に大いに資する労作である。

三 思想性の獲得へ

1　「国民思想」をめぐる構想

藤岡作太郎が学問領域の越境によって「文明史」を志向する上で、とりわけ欠かせない要の位置を占めるのは、おそらく思想であろう。既にこの章の一節で確認したように、『近世絵画史』における「緒言」の第一項では、「芸術の方面より国民思想の開展、社会文化の発達を説きたるもの」が「極めて稀」だと断じていた。つまり、藝術、文学、風俗等々の諸相をとらえることにより、「社会文化の発達」だけでなく「国民思想の開展」をも説きうるようになることを目指していたものとおもわれる。

「国民思想」という言葉を書名にふくむ研究書としては、津田左右吉の『文学に現はれたる我が国民思想の研究』全四冊（洛陽堂）がとりわけよく知られているが、本書「略伝」でも言及したように、その刊行が始まる大正五年（一九一六）に先立ち、藤岡は「我国の文藝に現はれたる国民思想の変遷」と題する文章を遺している。その冒頭部を引用してみよう。

> 広き題なり。此広き題を狭き時間に何をか述べん。
>
> 近来文学史の著あり、また学校にこれを講ずるものあれども、多くは文学者の伝記、著書の解題を、時代を追うて陳列し（しかも広く、時代に列ねて）たるものに過ぎず、思想の変遷を論説して文明史の一部たるを得べきもの少し。而して、文明史の一部としてとくこと、これ却つて中学の文学史の教科に必要なるべし。また、美術は近頃の流行なれども、未だ其歴史を系統を追うてのべたるものを見ず。歴史の教科書などの内、美術家

の名の散見するものあれども、これを教ふるものの、その大体の知識を持ちて教ふるは少かるべし。故に、こゝには文藝といひても、其語の適不適は暫く論ぜずして、文学美術の変遷、それも形式のことはさておきて、たゞ内容の古今の移り行きたる様を述べんとす。しかも、これたゞ二時間ばかりのこと、どれだけも述べらるべきものにあらず。(17)

これは、生前未発表の遺稿である。右の冒頭部からは、久松潜一も述べるように、「某所で行われた講演の覚書」らしいこと、またその講演は、おそらく「中学校」において「約二時間にわたって行われた」ことが察せられる。(18)したがって、本格的な著書・論文などと同列に扱うべきではないかもしれないが、藤岡の他の著述のエッセンスがうまく集約されているとともに、傍線部にみられるとおり、「思想の変遷」をおさえることで、文学史を「文明史の一部」に位置づけようと意図している点などから、ここで注目しておきたい。

大まかにその内容を示してみると、奈良・室町の両時代を「外来の事物を学」ぶ「修養時代」になぞらえ、他方において、奈良・室町のそれぞれにつづく平安時代、ならびに江戸時代を、外来の「咀嚼せるものを方便とし材料として、国民固有の精華を発揮したる時」と位置づけ、外来思想と国民に固有の思想との関係を史的展開の中でとらえている。(19)

こうした藤岡の「国民思想」論に対して、現代の私たちが留意しなくてはならない問題は、おそらく多岐にわたるだろう。まず、藤岡たちのような学者と、明治期という近代の国民国家との関わりである。そしてまた、「外来の事物」にあたる漢学、特に儒教、それに仏教などからの影響の大きさをみとめつつも、「国民固有の精華」をより重視しようとする藤岡の姿勢についても注視すべきである。このあたりの問題については、特に本書の第二章の後半でより詳しくとりあげることとしたい。

あわせて指摘しておきたいことは、この短い講演の覚書らしき文章の中で、文学のことをおもにとりあげながらも、たびたび宗教、美術（とりわけ彫刻）などに言及している点である。藤岡が、いわば全方位的な文明論を志向していたことをうかがわせる。

こうした藤岡という国文学者のもつ志向性について、ここからさらに探究をより深めてゆきたい。彼の学問に思想性がみとめられるとすれば、それはいかにして獲得しえたのだろうか。また、いかなる特性をもっていたのだろうか。

2　西田幾多郎からの批評

東京帝国大学二年生のときに、藤岡による「鎌倉室町時代の国文学史の講義を聞き深い感銘を受けた」という英文学・比較文学の土居《どい》光知《こうち》（一八八六―一九七九）は、藤岡について、「西田幾太《ママ》郎氏の影響を受け、日本文学を精神の展開として見ようとした最初の人であって、俊敏透徹の学者として認められ」ていたと評している[20]。土居は、文化人類学、比較神話学などの手法を用いつつ、比較文学研究をおしすすめた人物であるが、藤岡のおかげで「日本文学に興味を持つようになった」とも記している。自らが複数の学問分野を越境しつつ文学を論じた土居が、右のように「日本文学を精神の展開として」とらえたパイオニアたる藤岡を高く評価している点も興味深いが、あわせて西田幾多郎の影響に言及していることにも留意したい。

本書「略伝」の三節でとりあげたように、第四高等中学校時代の藤岡にとって、西田がよき理解者であり、かつ批判者でもあったことは明らかである。その後、若くして藤岡が早々と重要なポストに就任し、二十代半ばから晩年まで次々と著書を公刊していたのに対して、当時の西田は、注目されるような際立った活躍をしていたとはいいがたい。しかし、さまざまな思想に通じ、独自の思索を究めてゆこうとしていた西田の姿勢が、藤岡にもさまざまに影響し、藤岡の思想性の獲得に重要な役割を果たしたという可能性は考えられるかもしれない。

その一端ともいうべき例を、西田が藤岡に宛てた書簡の中からとりあげてみよう。次に引用するのは、明治三十六年(一九〇三)七月十三日付の、西田からの書簡である。そこでは、藤岡より恵送された『近世絵画史』に関しての見解が述べられている。

全体より評すれは貴著は作品其物の評論変遷よりは画家之系統、伝記の方か主となり居らすやと思はる　尚一層画家の作品其物につきて精細なる研究と評論あらんことを望む

小生の白人考に候かたとへは

○画題ノ分類

○一画題につきて画家か描かんとせし理想の深浅、高下、美学的ノ評論

○一画題につきて画家か如何なる方面より之を写さん〔と〕せしや　其意匠の評論　例のラオコンに就いて彫刻家か苦痛のいかなる点を写せしかを研究するか如し

右等一画家の思想につきて種々の点より研究し然る後歴史的に比較変遷を明にし　次に作法につきて日本画

に主なる運筆其他色彩等各派の特色を詳述し　前の思想に対する適否、成功の程度等を尚一層評論せられ度と望み候[21]

美術史書として長い命脈を保つこととなった『近世絵画史』ではあるが、西田の評はかなり手厳しい。しかし、おそらくこの書簡に記されている理想こそ、藤岡も即座に共感し、納得するところではないか。というのも、本書の第二章でとりあげるように、『近世絵画史』の二年後に刊行される『国文学全史 平安朝篇』では、まさに「作品其物につきて精細なる研究と評論あらんこと」が目指され、またそれが水準以上に達したものとして、同時代の多数の文学史関係の書籍の中でも、とりわけ高い評価を得ることとなったからである。

また、この西田の書簡においては、二重傍線部のように「思想」という語が二度用いられている点も留意される。先に引用した土居の文章では、藤岡が「精神の展開として」日本文学をみようとした点が評価されていたが、それは、西田が期待したような、「思想」の展開としての文学史をいくらかは実現せしめた、ということになるのだろうとおもわれる。

3　自然への「愛」という理解

さて、藤岡の学問的営為の中に、西田哲学からの直接的な影響をみることはできるだろうか。

実は、既に鈴木貞美が、藤岡の『国文学史講話』(一九〇八年)の一節に関し、自然への「愛」ということを日本人の「心性」としてとらえた最初の例と評するとともに、そこに西田の「純粋経験」の思想との関わりを論じている[22]。

そうした鈴木のとらえ方には、おそらく日本文化の特性を主客融合というところにみようとする流れがくみとれる。以下においては、煩をいとわず、そうした主客融合、あるいは主客合一などといった特性をめぐる見方を確認するところからおさえてゆくこととする。

ひとまず素朴に、日本の言葉と文化を近代西欧のそれらと比較してみると、「主客」のあり方の違いはかなり鮮明にとらえることができるだろう。とはいえ、同じ民族であっても、使用する言語が多様であったり、時代、地域ごとにさまざまな見方、感じ方があったりする。その一方で、広域にわたる言語・文化の交流もある。日本の場合、海を隔てた中国大陸、そして特に朝鮮半島などから伝わってきたさまざまな文物、思想、宗教などからの影響を考慮しないわけにはゆかない。したがって、主客の未分化、一体化等々といった現象についても、多角的な検証と分析とが不可欠であろう。

以上のような基本線を確認した上で、日本の言葉と文化、あるいは日本人の特性に関して、「主客」の未分化、一体化が指摘され、あるいはまた「主客一元論」「主客融合論」などが展開してゆくこととなった、その議論の淵源に相当するところを確認してみたい。「主客」というのは、明治期に流入したsubject-objectに対応して編み出された訳語に関わるわけで、たとえば国学という江戸時代の学問において、「主客」の未分化、一体化等々の議論を展開することはありえない(ただし、たとえば本居宣長《もとおりのりなが》の「もののあはれ」論は、そういう「主客」の未分化、一体化など と密接に関わってくる性質をもってはいるだろう)。これが具体的に議論されるようになるのは明治時代も後期に入ってからのことであり、特に国学の影響を受けつつ展開しはじめた「国文学」の領域で、その草創期を代表する東京帝国大学の二人の国文学者、すなわち芳賀矢一と藤岡作太郎の著述が注目されるのである。

まず、芳賀矢一『国民性十論』（一九〇七年）である。書名のとおり、十項目におよぶ日本人の「国民性」を論じたものであって、その四つめとして、「草木を愛し自然を喜ぶ」という章がある。「我日本人が花鳥風月に親しむことは吾人の生活いづれの方面に於ても見られる」（二五一頁）と述べ、さまざまな事例を確認していったのち、古典作品の例も挙げられる。特に和歌については、「天地と一体になつて融合するといふことが我和歌の生命であり、和歌を基礎とした多くの文学の生命であつた」（二五四頁）とまで述べている。この傍線部にいう「融合」とは、まさに主客の融合、あるいは一体化の一例といえるだろう。[23]

この『国民性十論』の初版発行は明治四十年の十二月であったが、ほぼ同時期といえる翌年三月に藤岡の『国文学史講話』（図4）が刊行されている。この本では、冒頭におかれた「総論」（全二章）の第二章が「自然の愛」と題され、「自然に親しむことの深きは、これ日本国民の特性なり」（二二頁）と論じられている。先の芳賀の「草木を愛し自然を喜ぶ」と同趣旨の内容といえるだろうが、芳賀の叙述が連想に任せて書き進める随筆に近い性質をもつのに対し、藤岡の方は（文語体の格調という点を度外視しても）より学術的で、また構えも大きいといえるようである。[24]

図4『国文学史講話』

たとえば、右と同じく『国文学史講話』「総論」の「第二章　自然の愛」では、「西洋人の見るところは人生を主とし、東洋人は自然を重んず」（二六頁）といった端的な対比を示したのち、「わが国民」は「他の東洋人の如く、自然を恐怖せずして、これに親昵」し、「あくまで自然を尊重」し、「積極的」かつ「楽天的」に自然と関わる点に特質があることを述べている（二九頁）。また、同書「太古」の「第三章　大化より奈良朝の終まで」では、『万葉集』の山部赤人《やまべのあかひと》の短歌について、「よく自己を没却して、自然と冥合し、山川と同化したるところに」特色をみとめ、「景によりて情を寄せ」る、また「その主観を対景の中に没入し去る」、さらにまた「山川草木の自然を愛し、これと同化し、これと合一して」いると評している（六九頁）。

このような「同化」と「合一」というのは、先の芳賀と同様に、主客の融合、一体化ということに相当するともわれる。

鈴木貞美は、こうした自然への「愛」と国民性について、藤岡以前には「誰ひとりとしていわなかった」と論じている。[25] ただし、その後に執筆された鈴木の著書『日本人の自然観』では、若干の軌道修正がみられる。すなわち、芳賀の『国民性十論』と藤岡との関係にふれ、「その構えと内容からして」藤岡が『国民性十論』を「参照してはいないだろう」[26]としつつ、また「「自然を愛する」を国民の美徳の一〇のうちの一に数えた芳賀矢一『国民性十論』に対して、民族気質を、政治的側面と自然観の側面に分け、かつ歴史的展開に意を注いでいるところに、単に国民性の十分の一対二分の一という比例関係に止まらない学術上の姿勢の顕著なちがい」を認め、「この姿勢がのちの「自然を愛する民族」説の基調をつくった」[27]と論じている。

同じ東京帝国大学文科大学国文学科に勤める芳賀と藤岡との近い関係ではあっても、これら二つの著書の刊行の時期が接近していることから、藤岡が先行する芳賀の『国民性十論』を参照しつつ『国文学史講話』の「自然の愛」という章をまとめた可能性はたしかに低いだろう。

＊

なお、李花亭文庫には『国民性十論』が所蔵されている。筆者が調査したところ、その本には明らかに藤岡の筆跡とみられる鉛筆の書き入れがある。誤植などについての修正があるほか、わずか四ヶ所（一二三頁、一三〇頁〈二ヶ所〉、一九六頁）ではあるが、短いコメントが版面の上部に記されている。書き入れた時期は確定しがたいが、とにかく藤岡は、確実に先輩芳賀の『国民性十論』を読んでいる。そして、右の四ヶ所のうち一二三頁の書き入れは、芳賀と藤岡それぞれの一面をありありと伝えるユニークなものなので、ここで紹介しておきたい。それは『国民性十論』の「五　楽天洒落」で、エロティックな踊りによって神々を沸かせた「天鈿女命《あめのうずめ》」の神話、さらには『宇治拾遺物語』巻五ノ五、家綱と行綱兄弟の話（弟行綱が兄家綱の考案した「ふぐり」を「炙《あぶ》らむ」という卑猥なネタを内侍所の御神楽で披露してしまったという話）を紹介したあとの一節に対する書き入れである。李花亭文庫蔵『国民性十論』に拠り、その本文を引用する。なお、傍点は原文通りである。

文化の開けぬ時代には下がゝつた滑稽を喜ぶのが世界一般の事であらうが、この点は礼節の発達した日本人間に今でも残つて居る。心い《（ママ）》安同志になれば、随分下がゞ《（ママ）》つた話をする事が、紳士といはれる人々の間にも実際には尚行はれて居る。

右の「心い安」の部分には「い」と「安」の入れ替えを指示する校正記号が鉛筆で記されている。これも藤岡によるのであろうが、「事が、紳士といはれる……」と始まる行の上に、小さな文字で「これは御自分のことではないか」と記されている。『宇治拾遺物語』の滑稽話よりさらに可笑しなコメントで、おもわず吹き出してしまう。

芳賀と藤岡の資質、人柄の相違、さらには藤岡の皮肉屋ぶりもかいまみえよう。

しかし、この短いコメントは、より大きな問題のありかを示唆するのではないかという予感も抱く。本書の「まとめ」において、あらためてとりあげたい。

なお、芳賀と藤岡二人が示した「国民性」もしくは「国民思想」については、日露戦争勝利後のナショナリズムの高揚にも関わる大きな問題であり、第二章でもあらためてとりあげる。ここでは、西田と藤岡の関係に話題を戻そう。

4　『善の研究』以前の講義草稿と『国文学史講話』

鈴木貞美は、『国文学史講話』にみられる藤岡の赤人論において、その歌から「主客合一の表現のように理論化しているところ」と、西田の『善の研究』(一九一一年)との関わりをみようとしていた。(28) しかしその後、二〇一八年刊行の『日本人の自然観』の中で、鈴木は、西田のいう「純粋経験」論と藤岡の論述とのあいだに「かなりのちがいがある」ことをみとめ、「主客合一のアイデアは、感情移入美学によるものかもしれ」ず、「再考すべきであろう」と述べている。(29)「感情移入美学」というのは、十九世紀後半のドイツで実験心理学と結びついた美学の一種であるが、藤岡がそうした学問にふれた形跡は確認されていない。

なお、「純粋経験 pure experience」は、ウィリアム・ジェイムズ(William James, 一八四二—一九一〇)の晩年の著述にみられる。ということは、当時最新の概念である。

西田の『善の研究』の刊行は藤岡の死の翌年、明治四十四年一月のことであるが、西田自身が同書の「序」(初版）の冒頭でも述べるように、その執筆は彼が第四高等学校で教えていた同四十二年（一九〇九）ごろまでのことであった。そして、「純粋経験」と題した第一編の最初の礎稿にあたる「純粋経験と思惟及意志」は、第四高等学校北辰会発行の『北辰会雑誌』第五一号および第五二号に「附録」として掲載されている。その刊行はいずれも明治四十一年六月であって、『国文学史講話』の刊行より三ヶ月ほど遅い。したがって、この西田の掲載論文を『国文学史講話』をまとめてゆく段階で藤岡が参照した可能性はない。

しかしながら、「純粋経験」の代わりに「直接経験」という語が多用されている『善の研究』「第二編　実在」も重要である。むしろ、この第二編の方が先行して書かれたことは明らかで、その礎稿「実在に就いて」は、哲学会発行の『哲学雑誌』第二二巻第二四一号に掲載されている。その刊行は明治四十年（一九〇七）三月のことであった。平山洋の研究によると、この第二編に相当する草稿の執筆は、「一九〇六年夏であった」と推察されている。(30) さらに興味深いのは、西田が当時勤務していた第四高等学校における明治三十九年の講義である。のちに『善の研究』第二編および第三編へと結実するその講義がきわめて難解であったため、受講者からの要請を受けた西田は、講義草稿の一部を「実在論」として同年十二月に、さらには「倫理学」として翌年四月に、それぞれ印刷しているのである。(31)

くわえて特に留意すべきは、この印刷された「実在論」と「倫理学」が単に受講者へと配られただけではなく、西田自身が友人たちに送付していることである。その友人たちの中には京都帝国大学文科大学教授であった松本文三郎も、また藤岡作太郎もふくまれるのである。

藤岡に関しては、明治四十年（一九〇七）二月十五日付の藤岡宛の書簡において、次のように記されている。

　別封は小生が去年の夏休中病児看護の傍にてかきつけ当校学生に哲学の話をする原稿と致したる者にて　元来小生の考の百分の一をも現はし居らす　且つ叙述も粗雑にてとても人に示すへき者には無御座候へとも　小生は大体か丶る考を本として哲学の一体系を完成いたし度と存し候〔以下略〕(32)

　この書簡は二月に送られていることから、「実在論」が送付されたものと推察される。さらに、同年四月二十六日付の西田から藤岡宛の書簡においても、印刷物を送っていることが示されている。こちらは「倫理学」であることが察せられよう。

　右の二月十五日付の書簡では、つづけて東京帝国大学の元良《もとら》勇次郎《ゆうじろう》（一八五八—一九一二）、および井上哲次郎《いのうえてつじろう》（一八五六—一九四四）の両教授の名をあげ、彼らにこの論考を見せるよう求めている。そして、四月の上京の折に「面会し二先生の批評を仰き度候」とも記している。西田は、このあとも藤岡にたびたび自身の就職のことで相談の手紙を送っている。「実在論」の送付は、そうした目的があってのことではあるだろうが、藤岡の手もとには数部が送られたようである。藤岡には、明治四十年二月中旬以降、『善の研究』のエッセンスというべき「純粋経験」論の萌芽期の原稿を読む機会があったのである。

　一方、翌年の三月に刊行される藤岡の『国文学史講話』は、さまざまな点で特殊な著書である。その第一は、藤岡の長女光が明治三十九年（一九〇六）八月五日、ジフテリアによって数え年八歳で亡くなったことを受け、この亡児の追悼のために刊行が企図されたという点である。

第二に、偶然ながら西田も、翌明治四十年に次女幽子を五歳で、さらには同年、生まれてまもない五女愛子をも亡くしていたことから、藤岡が同じく愛児を喪った西田に序文を書いてもらったという点である。西田の書いた序の題は「東圃学兄が其著国文学史講話を亡児の記念として出版せらるゝに当りて、余の感想を述ぶ」という、かなり長いものであった（のち西田自身の単行本収録にあたり「「国文学史講話」の序」と改題）。この題が示すとおりの文章であり、「国文学史」の本の序文としてはかなりの違和感を与えるが、愛児を亡くした者の悲しみの深さがつづられた名文ともいいうる。

さらに第三として、藤岡自身が「自序」の末尾近くで述べているように、亡き娘光をかわいがり、遊び相手にもなってくれた脇本十九郎を相手に「吾口授し、君筆記す」（一九頁）――つまり口述筆記によってまとめたという点である。その時期については、当初「一箇年の後にはと思ひしことも、あだに過ぎ、更に月日は過ぎて、早くも三年めになりぬ」とある。明治四十年二月、西田の「実在論」が藤岡のもとに届いたあと、「総論」の「第二章　自然の愛」、あるいは「太古」の「第三章　大化より奈良朝の終まで」の赤人論などがまとめられていった可能性は充分に考えられるだろう。(33)

藤岡が実際に受け取った西田の講義草稿の印刷物からここに引用することはできないが、藤岡への送付から一ヶ月後に刊行された『哲学雑誌』に掲載の「実在に就いて」より、「九、精神」の一節を引用してみる。

之までは精神を自然と対立せしめて考へてきたが、之より精神と自然との関係に就いて少しく考へねばならぬ。我々の精神は実在の統一作用として自然に対して特別の実在であるかの様に考へられて居るが、其実は統一せる者を離れて統一作用があるのでなく、客観的自然を離れて主観的精神はないのである。我々が物を知るといふことは、自己が物と一致するといふにすぎない。花を見た時は即自己が花となつて居るのである、花を研究して其本性を明にするといふは、愈自己の主観的臆断をすて丶、花其物の本性に一致するの意である。(34)

ちなみに、これを『善の研究』の第二編の該当箇所と比べてみると、ごく一部分の言葉遣いの違いがあるだけで、ほぼ同内容といえる。

たとえば、ここで『国文学史講話』の、「太古」の第三章で山部赤人を論じた一節と比較してみよう。

〔前略〕その特色は実に人麿が雄大荘厳を旨とせるに対して、飽くまで優美可憐の情を喜べるにあり、人麿が痛切熾烈なる感情を主としたるに反して、むしろ天地の悠揚として迫らざるが如く、その居る処の境遇に安んじ、よく自己を没却して、自然と冥合し、山川と同化したるところにあり。わが国和歌の叙景の一面は洵に渠によりて開拓せられたりといふも不可なく、

田子の浦ゆうち出でて見れば、真白にぞ富士の高根に雪はふりける。

和歌浦に潮みちくれば潟をなみ、蘆辺をさして鶴《タヅ》鳴き渡る。

など金玉の詠吟一々挙ぐるの煩に堪へず。啻に単純なる叙景のみに止まらず、景によりて情を寄せ、いはゆる情景併せ得たるものまた甚だ尠からず、感情を写すといふも、人麿の如く直ちに素懐を行るにはあらずして、その主観を対景の中に没入し去るにあり。

（六八―六九頁）

たとえば、傍線部にみえる「主観を対景の中に没入し去る」などという言葉を西田の書いた文章と並べてみると、言葉遣いの一致ということまではいえないが、かなり近い内容を有しているともいえるのではないだろうか。

このあたりの関係について、さらなる手がかりがないかと「李花亭日記」(明治四十年)の翻刻[35]を確認してみたが、藤岡が西田から送られた論文を受け取っていることは確実にわかるものの、二月に送付された「実在論」あるいは四月に送られた「倫理学」を読んだということは日記の中に明記されていない。

一方で、この年の三月三十一日から四月六日までは東京にて、また八月一日から十八日までは帰省にあわせて金沢にて、藤岡と西田は確実に会っている。特に、八月の半月を超えるこの期間に、二人が頻繁に会っていることが同日記から確認可能である(一日、六日、八日、十四日、十五日、十七日)[36]。八月五日には、「今日は光の一周忌なり」と、亡き長女のことにふれている。ここでいっそう留意したいのは、八月十一日の記事である。そこには、「自然と人生」という『帝国文学』一三巻九号(一九〇七年九月)に掲載されることとなる原稿を「漸くしたゝめ終る　明朝送ルへし」などという記事とともに、欄外には次のように記されているのである。

標題カクノ如クスルカ
総論　国民の特性
一　団結心と家族制
二　自然の愛[37]

この欄外のメモは、間違いなく『国文学史講話』の冒頭におかれた「総論」と対応している。実際には、「総論」には「国民の特性」という題名は付されず、また「一」と「二」はそれぞれ「第一章」と「第二章」となっているのだが、とにかくこの金沢に帰省中のタイミングで総論の題目を決している点は見過ごせない。とりわけ、総論の「二」、およびこの日書き上げた原稿の双方に共通する「自然」という言葉は、先に引用した西田の「実在に就いて」の一節ともひびきあうものがあるのではないか。

つまり、この金沢滞在中に、藤岡は西田との談話の中で、『国文学史講話』において示される「自然」に関わる考えへと到達する何らかのヒントを得た可能性が想像されるのである。

＊

この章の最後に、「三たろう」の一人、鈴木大拙からの影響の有無についても簡単に述べておこう。そもそも、彼は藤岡にとってどのような存在であったか。藤岡のことを助手のような立場で支えた脇本十九郎は、昭和三十五年（一九六〇）の時点で、鈴木大拙当人を前にして、次のように発言している。

脇本　あるとき藤岡先生に、古くからのお友達で一番に親しみをもたれる方はどなたでしようとお聞きしましたら、アメリカにおる鈴木だと答えられました。(38)

遠く離れたアメリカで永年を過ごしていた旧友との親しい交流は、遺された書簡などから確認可能である。しかし、藤岡の研究・教育活動がピークにあった当時、すなわち明治三十年(一八九七)以降、藤岡の死の前年にあたる明治四十二年まで鈴木がアメリカにいたこともあって、友人としての交流は永くつづいていたものの[39]、その間に藤岡が学的に影響を受けた可能性はとぼしいようにみえる。

＊

以上、西田から藤岡への思想的な影響という可能性を中心に探ってみた。特に『善の研究』に至る過程での西田と藤岡とのやりとり、そして類似点に留意した。西田哲学の影響は、藤岡の著書に反映している可能性が考えられたのである。

(1)　久松潜一「藤岡東圃の学問」(『明治文学全集44　落合直文　上田萬年　芳賀矢一　藤岡作太郎集』筑摩書房、一九六八年〈初出は一九四三年〉)。
(2)　引用は、藤岡作太郎『近世絵画史』(ぺりかん社、一九八三年)に拠る。
(3)　引用は、藤岡作太郎『国文学全史　平安朝篇』(東京開成館、一九〇五年)に拠り、同書の頁数、東洋文庫版の頁数の両方を示す。
(4)　「鈴木大拙先生と東圃を語る」(藤岡由夫編『藤岡東圃追憶録』自家版、一九六二年〈復刻増補版〉)、一三三―一三四頁。なお、引用内の「……」は、原文のとおり。
(5)　藤岡作太郎・平出鏗二郎『日本風俗史　上編』(東陽堂、一八九五年)、二頁。
(6)　本文の叙述から「臍帯」からの転訛と推察される。
(7)　注(5)、前掲書、八―一二頁。
(8)　芳賀登「刊行の辞」(芳賀登監修・解説『日本風俗叢書　日本風俗史(全)』日本図書センター、一九八三年)、二―三頁。

(9) 野村精一「『日本風俗史』をめぐって――藤岡東圃・初期小説の思想」(『日本文学研究史論』笠間書院、一九八三年〈初出は一九七六年〉)。
(10) 田岡嶺雲「『日本風俗史』」(『青年文』一‐二、少年園、一八九五年三月)。
(11) 瀬木慎一「解説」(注(2)、前掲書)では、個人による美術史書として岡倉覚三の『日本美術史』があるものの、「これは、明治二十三年以降、三回にわたって、東京美術学校でおこなわれた講義の第二回分の筆記を基に、大正十一年に中川忠順が編集したものであ」って、岡倉自身の執筆によるわけではないことから、藤岡の著書を「個人の美術史書としての最初のもの」と位置づけている。
(12) 注(2)、前掲書、「目次」、六―九頁。なお、ぺりかん社版では各期についての説明文が目次の中に記されているが、本来は各期の題目を記すそれぞれの扉の裏に記されていた。
(13) 帝国博物館編『日本帝国美術略史稿』(農商務省、一九〇一年)、三一五頁。
(14) 注(2)、前掲書、第三期‐第三章、一一六―一一七頁。
(15) たとえば、注(11)、前掲の「解説」(三〇〇頁)では、浦上玉堂《うらかみぎょくどう》(一七四五―一八二〇)について充分に評価していない点などが例として示されている。
(16) 村角紀子編『藤岡作太郎「李花亭日記」美術篇』(中央公論美術出版、二〇一九年)。
(17) 藤岡作太郎「我国の文藝に現はれたる国民思想の変遷」(注(1)、前掲書〈初出は一九五〇年〉)、三七七頁。
(18) 久松潜一「解題」(注(1)、前掲書)。
(19) 注(17)、前掲論文、三七七―三七八頁。
(20) 土居光知「「文学序説」を出すまで」(『英語青年』一〇七‐五、英語青年社、一九六一年五月)。なお、西田から藤岡への影響を指摘する例は大変少ないが、大久保純一郎「漱石と藤岡作太郎(上)――詩と美学の媒介」(『英語文学世界』七‐一、一九七二年四月)は、土居の見方を肯定している。
(21) 『西田幾多郎全集 第十九巻』(岩波書店、二〇〇六年)、六九頁。なお、こうして西田から藤岡に宛てた書簡にみられる批評の重要性については、田村航氏から懇切な教示を得た。

(22) 鈴木貞美「自然環境と心＝身問題のために――概念操作研究の勧め」(伊東貴之編『「心身／身心」と環境の哲学――東アジアの伝統思想を媒介に考える』汲古書院、二〇一六年)。なお、これに関わる一連の著書として、鈴木貞美『生命観の探究――重層する危機のなかで』(作品社、二〇〇七年)、同『「日本文学」の成立』(作品社、二〇〇九年)、同『近代の超克――その戦前・戦中・戦後』(作品社、二〇一五年)、同『日本人の自然観』(作品社、二〇一八年)などがある。

(23) 引用は、芳賀矢一『国民性十論』(注(1)、前掲書)に拠る。

(24) 引用は、藤岡作太郎『国文学史講話』(岩波書店、一九二八年〈改版第三刷、岩波書店版第一刷は一九二二年〉)に拠る。

(25) 注(22)、前掲の「自然環境と心＝身問題のために――概念操作研究の勧め」、四八〇頁。

(26) 注(22)、前掲の『日本人の自然観』「第一一章「自然を愛する民族」説の由来」、五八七頁。

(27) 注(26)、前掲論文、五八九頁。

(28) 注(22)、前掲の『「日本文学」の成立』「第四章　文学改良と古典評価――その結びつき」、二二三―二二四頁。なお、この論述の中では西田およびウィリアム・ジェイムズの重要な概念を「純粋意識」と記しているが、もちろん「純粋経験」とすべきであろう。

(29) 注(26)、前掲論文、五九三頁。

(30) 平山洋『西田哲学の再構築――その成立過程と比較思想』(ミネルヴァ書房、一九九七年)、九七頁。

(31) 詳細については、藤田正勝『人間・西田幾多郎――未完の哲学』(岩波書店、二〇二〇年)の六〇―六三頁を参照されたい。

(32) 注(21)、前掲書、九三頁。

(33) 猪俣武三・木原奈緒美・小塩禎・竹多久美子・中村清子・林秀俊・宮崎明倫・木越治翻刻「藤岡作太郎日記　明治四十年」(『市民大学院論文集　第五号　別冊』金沢大学市民大学院、二〇一〇年)によれば、脇本十九郎の名まえが明治四十年にはきわめて頻繁に記される。前年、前々年にはほとんど名が記されることのなかった脇本だが、この年の二月以降、おもに夜、藤岡宅を訪れ、口述筆記に関与していたことがわかる。特に七月二十一日には、具体的に「夜脇本来り　西鶴を講す」(五七頁)と内容まで記されている。そして、十一月二十四日には、「夜　更ニ講義　明治時代ヲモ終リ文学史ヲ終了」(九三頁)とあるので、終了の時期も確定しうる。

(34) 西田幾多郎「実在に就いて」(『哲学雑誌』二二-二四一、哲学会、一九〇七年三月)、五五―五六頁。

(35) 注(33)、前掲翻刻。

(36) 注(33)、前掲翻刻、五九―六四頁。なお、木越治「国文学的日常――明治の国文学者藤岡作太郎の日記から」(『上智大学 国文学科紀要』二九、上智大学文学部国文学科、二〇一二年三月)において、この明治四十年八月の帰省中の動向がとりあげられ、西田のほかに暁烏敏《あけがらすはや》(一八七七―一九五四)などとの交流の様子が、西田、暁烏それぞれの日記の記載内容とともに紹介されている。

(37) 注(33)、前掲翻刻、六二―六三頁。

(38) 注(4)、前掲記事、一三七頁。

(39) たとえば、注(16)、前掲書、「李花亭日記」の明治三十二年(一八九九)十月十七日(一六三頁)、および同三十四年八月二日・三日(三〇五頁)の記事では、いずれも茶を購入してアメリカの鈴木大拙に送ろうとしていることが確認できる。なお、明治三十四年については、金沢に帰省した際のことで、アメリカのイェール大学に留学する宝山良雄(一八六八―一九二八)に託している(宝山は金沢出身の教育者)。

第二章　「文学史」を構想する

この章では、藤岡作太郎の「文学史」について検討する。その特質と意義をおさえるために、まずはその背景、環境をとらえてみたい。具体的には、明治期前半の転変する学制と、国文学という学問のあり方を確認するとともに、ゆらぐ「文学」概念についてもおさえておく必要があろう(1)。

一　明治期の国文学

1　明治期前半、学制の転変と国文学

国文学と呼ばれる学問は、明治維新後もなおしばらく、その体をなしてはいない。江戸時代以来の国学、考証学などは、間違いなく明治期の国文学へと連なる面をもつ。しかし、そもそも明治期の前半は、高等教育機関に関する学制が複雑にゆらぎつづけていたのである。

帝国大学(のちの東京帝国大学)の文科大学(現在の文学部)に「国文学科」という名の学科ができるのは、明治二十二年(一八八九)であり、この年を「学問としての国文学の誕生のときとすることができる(2)」ともいわれているが、実際は、未だ学問としての体系化にはほど遠かったのである。まずは、学制の転変のあり方をおさえておく必要が

あるだろう。

江戸時代後期の主要な学問としては、幕藩体制を支える儒学のほか、国学と蘭学があった。明治期に入ると、これらの三つはそれぞれ「漢学」「皇学」「洋学」と呼ばれるようになる。ただし、幕末から明治初期において大学設立のベースとなった幕府の学問所の中には、皇学(国学)はふくまれていない。それに対して漢学については、林羅《はやしら》山《ざん》(一五八三—一六五七)の家塾を淵源とする昌平坂学問所(昌平黌)があり、また洋学に関しては、安政三年(一八五六)に開業する蕃書調所《ばんしょしらべしょ》があった(授業開始は翌年一月)。後者は、洋書調所、さらに開成所と名が改められてゆく。また西洋医学を教育する幕府の機関として、種痘所(のちに西洋医学所、さらに医学所と名を変更)もあった。

その後、開国によって洋学の興隆はたしかなものとなる一方、漢学は幕府の権威失墜とともに力を失う。それに対して皇学は、尊皇攘夷運動を支え、天皇を中心とする国体の形成に一役買うことにもなった。この学問をあつかう高等教育機関は、明治維新に際してまず京都に開設された。すなわち、慶応三年(一八六七)十二月の王政復古を経て、翌明治元年、元々は漢学を中心としていた京都の旧学習院を基盤に、まず漢学所が九月に、つづいて皇学所が十二月に、それぞれ開講したのである。しかし、この漢学所と皇学所は短命であって、翌明治二年九月に閉鎖となったのち、同年十二月にこれら二つが合併して大学校代となるものの、明治三年七月には廃校となってしまう。そして、この二年にも満たない間に、政治の中心は江戸(東京)へと移ったのである。

新政府は幕府の学問所を管理下におさめ、明治二年(一八六九)六月、昌平学校(かつての昌平坂学問所)を大学校とし、開成学校(かつての開成所)、医学校(かつての医学所)を大学校の分局とした。同年中に、大学校は大学(または大学本校)と改められ、開成学校は大学南校、医学校は大学東校にそれぞれ改められた。

そして翌明治三年（一八七〇）の二月、「大学規則」が制定される。その際の学科体制は、西欧の学問体系にもとづくものとなったため、漢学と皇学とはかなり軽視された。これ以降、洋学派と漢学派・皇学派との対立は激しさを増し、結局は、同年七月に大学本校が廃されてしまう。このようにして、昌平坂学問所の流れを汲む教育機関の命運は、早々に尽きるのであった。

その後、明治四年（一八七一）七月に文部省が設けられた。この年から同七年にかけて、当初は分局として位置づけられた大学南校と大学東校の二つは、それぞれ次のように名を変えてゆく。

- 大学南校→南校（明治四年）→第一大学区第一番中学（明治五年）→開成学校（明治六年）→東京開成学校（明治七年）
- 大学東校→東校（明治四年）→第一大学区医学校（明治五年）→東京医学校（明治七年）

そして、明治十年（一八七七）の四月、これら二校が合併し、ようやく東京大学となる。以下、『東京大学百年史――部局史 一』[3]に拠りながら、この東京大学の誕生以降の「文学」研究、特に「国文学」に関係する転変のありようを箇条書きにしてまとめてみる。

明治十年（一八七七）　東京大学創立。法・理・医・文の四学部のうち、文学部は「史学、哲学及政治学科」と「和漢文学科」の二学科体制をとる。

明治十五年（一八八二）　「古典講習科」が文学部附属の機関として設置される。

明治十八年（一八八五）「和漢文学科」が「和文学科」と「漢文学科」に分かれる。

明治十九年（一八八六）「帝国大学令」発布により、東京大学が帝国大学となる。それまでの文学部は文科大学となり、「哲学科」「和文学科」「漢文学科」「博言学科」の四学科体制をとる。

明治二十年（一八八七）帝国大学文科大学に「史学科」、そして「英文学科」と「独逸文学科」が増設される。

明治二十一年（一八八八）「古典講習科」が、二回目の卒業生を出して廃止される。

明治二十二年（一八八九）文科大学に「国史科」が増設。一方、「和文学科」が「国文学科」に改称される。

明治二十三年（一八九〇）「仏蘭西文学科」が増設される。


なお、こののち明治三十年（一八九七）に、帝国大学は東京帝国大学と改称される。こうして、次々と組織の改変、新設などがつづいているが、以下、国文学に関わる留意点をおさえておく。

明治十年（一八七七）に創立した東京大学文学部の二学科のうち「史学、哲学及政治学科」が西洋の学問をあつかうのに対して、「和漢文学科」では、「文学」限定ということではなく、「和漢」の思想、政治学、歴史学などもあつかわれた。ちなみに、二学科のうちの前者の「史学」は、おもに外国史であった。

この「和漢文学科」は、明治十八年（一八八五）に「和文学科」と「漢文学科」に分かれ、さらに帝国大学文科大学へと変わったのち、明治二十二年に「和文学科」は「国文学科」と名を変えているが、そのころまでの教育内容を確認すると、今日の「文学」に相当する内容は乏しい。さらに驚かされるのは、「和漢文学科」の出身者の少なさである。明治十八年までの卒業生は、田中稲城《たなかいなぎ》（一八五六―一九二五）と棚橋一郎《たなはしいちろう》（一八六三―一九四二）のわずか二人しかいない。(4)明らかに振るわない学科であった。

この間に、文学部(のち文科大学)の附属機関として設置されたのが「古典講習科」である。まず明治十五年(一八八二)に「国典」を扱う高等教育機関として出発し(のち甲部→国書課)、次いで翌年には漢書を扱う乙部(のち漢書課)が設けられ、生徒募集を行った。その背景には、旧東京大学の法・理・文三学部の綜理であった加藤弘之(一八三六—一九一六)の、文学部和漢文学科の惨状を打開せんとする意向、ならびにそれまでの行き過ぎた欧化主義への反動という面があったようだ。

この別科設置に関しては、藤田大誠の研究(5)が詳細である。ここでは要点のみをおさえておく。まず、明治十二年(一八七九)に、儒教的倫理と皇国思想に基づく「教学聖旨」が国民教化の方針として示された。この「教学聖旨」に対応しうる学者・教育者の養成のために、古典講習科が誕生したとみられる。国学者の小中村清矩《こなかむらきよのり》(一八二二—九五)などの教えを受けた生徒は、たとえば萩野由之《はぎのよしゆき》・関根正直《せきねまさなお》・落合直文《おちあいなおぶみ》(以上第一回入学者)、佐佐木信綱《ささきのぶつな》・黒川真《くろかわま》道《みち》(以上第二回入学者)などであった。しかし、生徒募集は二回で中止、明治二十一年(一八八八)に二回目の卒業生を出して、この講習科は廃止される。短命ではあったが、後継者養成という点では一定の役割を果たした。

なお、明治二十年(一八八七)には、文科大学に史学科とともに英文学科と独逸文学科が増設され、その三年後には仏蘭西文学科も設けられる。この仏蘭西文学科は、現代の私たちになじみの「文学」の学科に相当するといえるようだが、英文学科と独逸文学科は、実態としては語学の修得に力点をおく学科であった。というのも、柄谷行人が述べるように、「ドイツ語は「国家」の言語であり、英語は、経済的で実用的な言語(6)」として、いずれも国家と産業の発展に欠かせないとされていたのである。

そもそも、「帝国大学ハ国家ノ須要ニ応スル学術技藝ヲ教授シ及其蘊奥ヲ攷究スルヲ以テ目的トス」という、よく知られた「帝国大学令」第一条に明記されているとおり、帝国大学にとって、「国家ノ須要ニ応スル学術技藝」がもっとも大事なのである。文科大学和文学科、のちの国文学科も、「帝国大学令」に記された目的にかなうべきものとしてあったはずである。「国家ノ須要ニ応スル」ような日本の「文学」の研究とはどういうことか。明治期の後半に活躍する藤岡にとっても、こうした軛《くびき》を逃れることはたやすくなかっただろう。その点は、本章の四節でとりあげることとする。

2　「文学」概念のゆらぎ

明治期の前半は、学問、学制だけではなく、特に「文学」という言葉もゆらぎつづけた。

ラテン語の littera に由来する literature という語も、元々は多義的もしくは多層的であり、ひろくは書き言葉による著述全般を意味していたが、西欧では十九世紀を通じて、近代的な言語藝術を指示するようになっていた。一方、漢語の「文学」は古代中国以来の長い歴史を有するが、日本の江戸時代後期における「文学」は、儒学と漢詩文、すなわち「文章についての学」といった限定的な意味を表していた。その「文学」が、英語 literature の訳語に充てられることによって、その語義は大きく、かつは複雑に変化してゆく。

明治初期の洋学者たちの用法では、おおよそ学術一般と言語藝術とをあわせて「文学」と呼んだようであった(7)。しかし、たとえば福地《ふくち》源一郎《げんいちろう》(桜痴《おうち》、一八四一—一九〇六)が明治七年(一八七四)の十二月二日、『東京日日新聞』において最初に執筆した社説では、「文」の「学」びとしての「文学」に言及している。つまりそれは、文章を書くための学問のことである。福地の「文学」もやはり多義的ではあったろうが、文章改良がさまざまに試みられた当時、福地は、右のような意味でも「文学」を考えていたのである。(8)

そうした明治の前半期にあって、今日の一般的な「日本文学史」にある程度近い内容を有する著述も、早々と上梓されている。それは、明治十年(一八七七)から同十五年にかけて六冊本として刊行された、田口卯吉《たぐちうきち》(一八五五―一九〇五)の『日本開化小史』(9)、その「巻之四」に相当する「第七章　日本文学の起源より千八百年代まで」および「第八章　鎌倉政府創立以後戦国に至る間日本文学の沿革」である。その第七章の冒頭によると、田口が叙述する「日本文学」には、「情の文章に現はるゝもの」と、「智の文章に現はるゝもの」との二つがふくまれている。これらのうち前者は「記事体」とされ、「歴史、小説の類之に属す」という。これに対して後者については「論文」と呼び、「学文、論説之に属す」とする。つまり、狭義の言語藝術と歴史叙述とをあわせて「情」の文学としつつ、一方では朱子学などの学問をふくむ「智」の文学までが、田口のとらえる「文学」に包含されるのである。

ここまで、特徴的な「文学」の事例をわずかばかり示してみたが、明治時代において、「文学」という語は、学術全般、もしくはより限定的に人文学全般を意味する場合が多かったようである。和田繁二郎がまとめているように、江戸時代後期に儒教的学問を意味した「文学」は、明治十年代後半から二十年代にかけてかなり後退し、その一方では西欧的な「文学」として、「人文学的評論を意味する傾向と、修辞学を意味する傾向」がつよくなり、さらに「人文学的述作」という意味での「文学」の用例は、明治三十年代末あたりまでつづいた(10)。

このように明治期の中盤になっても、なお「文学」は狭義の言語藝術を意味する概念として定着していたわけではなかったのである。ただし、明らかに明治二十三年(一八九〇)あたりを画期として、ひとつの傾向が明確になってくる。すなわち相次ぐ「文学史」の刊行である。

二 「文学史」濫造の中で

1 濫造される「文学史」

明治二十三年(一八九〇)は、芳賀矢一・立花銑三郎《たちばなせんざぶろう》編『国文学読本』(富山房)、次いで三上参次《みかみさんじ》・高津鍬三郎《たかつくわさぶろう》『日本文学史』上・下巻(金港堂)が相次いで刊行された年である。また上田万年《うえだかずとし》編『国文学』巻之一(双双館)の刊行も同年であった。三上参次(一八六五―一九三九)と高津鍬三郎(一八六四―一九二一)、そして芳賀矢一(一八六七―一九二七)と立花銑三郎(一八六七―一九〇一)、それに上田万年(一八六七―一九三七)という五名の出生の年に注意してみると、いずれも明治維新の直前、元治・慶応年間の生まれである。明治二十三年にはみな二十代であり、明治三年(一八七〇)に生まれた藤岡作太郎との年齢差も、わずか三歳から六歳ほどということになる。

ちなみに図5は、明治三十六年(一九〇三)に撮られた、東京帝国大学文科大学国文学科の関係者が並ぶ写真である。前列右から四人目が藤岡、その左隣が芳賀、さらに左隣が上田である。また、前列左端には新村出《しんむらいずる》(一八七六―一九六七)がいる。

この時から十三年前の明治二十三年について、久松潜一は、「近代に於ける日本文学史研究の上で画期的な年」だと指摘しているが[(11)]、さらに前田雅之は、『日本文学全書』『日本歌学全書』(ともに博文館)、『校正補註 国文全書』(国文館)などの刊行が始まったのもことごとく同じ明治二十三年であることに注目している[(12)]。

図5　芳賀矢一，上田万年，新村出らと（上野精養軒前）

前節でも確認したように、明治期における「文学史」の嚆矢といえるのは、明治十年（一八七七）から同十五年にかけて六冊本として刊行された田口卯吉『日本開化小史』の「巻之四」（一八七八年刊）であろうが、それからのち、明治二十三年までの間は、先述したように「文学」という概念さえまだぐらついていた時代であり、ましてや「国文学」あるいは「日本文学」などといった学問領域も定まっていなかった。それは、「文学史」が刊行されるようになるまでの、いささか長い揺籃期であったといえるだろう。

明治二十三年四月刊行の芳賀・立花による『国文学読本』は、まだ帝国大学の学生であった芳賀たちの労作であり、やや長めの「緒論」が文学史概説のような性格を有してはいるものの、各時代の重要な文学作品の抄出を中心とする編成であった。それに対して同年十一月に刊行される三上・高津の『日本文学史』は、二冊あわせてほぼ一千頁に近い大冊であり、作品と人物の羅列が中心の編成という弱点はあるものの、いちおうは「文学史」の体裁が整ったものとみとめられよう。

この明治二十三年以降、藤岡による複数の「文学史」関連の著述が刊行される明治時代の末までの間に、かなりの数の「国文学史」あるいは「日本文学史」を標榜する書籍が出版されている。明治期後半は、いわば「文学史」が濫造された時代であったのだ。

その多くは、当時の中学校などで用いられる教科書の類いであったようだが、まずはそれらの内実について、同時代の評価を確認することによって、藤岡が示した「文学史」の位置、そして価値を見定めてゆくこととしよう。

2　永井一孝による「文学史」関係の著作の評価

東京専門学校から早稲田大学へと改称されて間もない明治三十年代後半から四十年代にかけて、同大学で「文学史」を講じていた永井《ながい》一孝《ひでのり》(一八六八—一九五八)の講義録『国文学史』(早稲田大学出版部)では、「緒論」の「第二章　国文学史に関する著書」において、当時、次々と刊行されていた「文学史」を逐一紹介し、寸評を加えている。永井の『国文学史』と題された講義録は、国立国会図書館デジタルコレクションで明治三十六年度から同四十三年度のものまでが閲覧可能である。(13) このうち一番早い明治三十六年度版では、三上・高津『日本文学史』以下、明治三十五年(一九〇二)二月刊行のものまで、計十九点(ただし講義録とされるものを除く)の書籍を刊行順に紹介している。その十五番目と十六番目には、藤岡作太郎が中学校用の教科書としてまとめた『日本文学史教科書』(開成館、一九〇一年)、ならびにその教科書の教師用参考書である『日本文学史教科書備考』(同、一九〇二年)があげられている。

永井の講義録は適宜増補・改訂されており、明治四十三年度版の(14)「第二章　国文学史に関する著書」では、紹介されている書籍が三十二点にまで増えている。そこには、もちろん藤岡の『国文学全史　平安朝篇』（東京開成館、一九〇五年）が入り、さらに最後の三十二番目として、藤岡の『国文学史講話』（同、一九〇八年）もとりあげられている。ちなみに、永井は「予輩の見聞せざるものも、なほ多かるべし」（一九頁）とも述べている。

それらたくさんの「文学史」の中で、永井は藤岡の著作をどのように評価していたか。以下に明治四十三年度版『国文学史』から引用してみる。

藤岡作太郎氏の『国文学全史』平安朝篇　一冊

本書は著者が文科大学に於いて数年間に亘りて講じたる国文学史をもととして、これを簡明に叙し、更に一二節を加へて公にしたるものなりといふ。書籍の解題・作家の伝記及び評論、何れも精細なる、これまでに比類なき著作なり。されど、その説くところは主として文壇の大勢力たりし作家と作物とに限り、神楽歌・催馬楽・和歌六帖・の如きは、文運の大勢に関係少しとて之を省きたり。予輩は本書について多少の錯誤を認め、又多少の異見を有すと雖も、そはもと隴を得て蜀を望むもの、真面目なる研究を経て成りたる唯一の著作として推奨するに躊躇せず。明治三十八年十月一日東京開成館発行。

（一七―一八頁）

藤岡作太郎氏の『国文学史講話』一冊

かの『国文学全史』の史実に重きをおきて解題・伝記・などを詳しく述べたるに引きかへて、この書は史実の上に立ちて国民の特性を叙述せんとしたるもの、如し。かれは事実史に近く、これは文明史風のもの也。

> 文学史の研究としては更に一歩を進めたりともいふべし。故に本書はひとわたり国文学の事実史に通じたる上ならでは会得しがたき事もあるべけれども、時代と文学との交渉を明かにし、国民の内的生活を叙したる国文学史としては、本書ほどに詳しきもの他になければ、必ず見るべき也。明治四十一年三月十五日東京開成館発行。（一九頁）

このように、いずれについても非常に高く評価している。とりわけ『国文学全史 平安朝篇』については、「真面目なる研究を経て成りたる唯一の著作」というお墨付きを与えている。また、『国文学史講話』についても、「文明史」の方へと「更に一歩を進め」ている点を肯定的に評している。

永井は、他の人々の著作に対してはかなり率直に欠点、問題点などをあげつらっている。そして、同じ明治四十三年度版『国文学史』において、永井は次のような総括をしている（なお傍点に一部乱れがあるところもおよそ再現した）。

> 故に、我が国文学史を研究せんとするものは、先づ三上氏等の『日本文学史』若しくは林氏の『日本文学史』に芳賀氏の『国文学史十講』鈴木氏の『日本文学史論』杉氏の『本邦文学史講義』藤岡氏の『国文学全史』及び『国文学史講話』等を参照し、且つアストン氏の『日本文学史』を参照せば、或は其の堂に昇ることを得べし。（二〇頁）

ここで推奨されている八点のうち、藤岡およびアストンによる英文の書籍以外をあらためて示してみると、次のとおりである（永井の掲出した順にしたがって示す）。

三上参次・高津鍬三郎『日本文学史』上・下巻（金港堂、一八九〇年）
林森太郎《はやししんたろう》『日本文学史』（博文館、一九〇五年）
芳賀矢一『国文学史十講』（富山房、一八九九年）
鈴木《すずき》暢幸《のぶゆき》『日本文学史論』（冨山房、一九〇四年）
杉《すぎ》 敏介《としすけ》『本邦文学史講義』（吉川弘文館、一九〇二年）

これらのうち、三上・高津の共著については先にも言及したとおりだが、同時代の永井は、「考証の錯誤と評論の枝葉に渉りて剰へ当を失へりと見ゆる所」が散見されるという問題を指摘しつつも、「我が国文学史の研究に与へたる効果」という点で評価しているようである（六頁）。

一方、芳賀の『国文学史十講』も、明治期の国文学を論ずる際には必ず言及される著名なものである。十回の講義にもとづくという点で限界はあるものの、永井は、「文学の真正なる歴史的発達の点に意を注」ぐ本書が「他の諸国文学史に優る」ものと位置づけている（一一頁）。

林森太郎は、第三高等学校の教授となった人物である。その『日本文学史』に関する永井の寸評は相当に辛い。芳賀の『国文学史十講』と比べて「いかに多く類似の点あるかに驚かざるを得じ」とした上で、剽窃に相当するような部分さえ含まれることを指摘している。ただ、「能く簡にして要をつくしたる」、また「便利よき書物」ということで推したのだろうか(一八頁)。

鈴木暢幸は、のちに神宮皇學館教授などを務めた人で、わずか五年後の明治四十二年(一九〇九)にも『大日本文学史』なる著書を日吉丸書房より刊行している(ちなみに、『大日本文学史』の「序」を記しているのは師にあたる芳賀矢一であった)。『日本文学史論』は、帝国教育会の夜間講義会で計十五時間行った講義(ただし永井の寸評では「十四時間」と記す)の速記録にもとづくという。著者自らが「緒言」において「文学史としての事実に乏しい」点を認めており、永井もその点にふれているが、「評論を主としたるもの」としての価値ありとする(一六―一七頁)。

杉敏介は、第一高等学校の教授、校長となったが、特に同校の文藝部顧問として谷崎潤一郎《たにざきじゅんいちろう》、和《わ》辻哲郎《つじてつろう》、芥川《あくたがわ》龍之介《りゅうのすけ》、三《み》木《き》清《きよし》、川端康成《かわばたやすなり》等々、錚々たる作家・思想家たちの育成に関わることとなる。杉の『本邦文学史講義』は、歴史及地理講習会の編集になるシリーズの一冊である。永井はこの著述について、まず室町時代以降がかなり簡略であることを難じている。また「全篇稍作物の解題めくもの」である点も弱点としつつ、鎌倉時代までの「事実史」としての詳しさを評価している(一五頁)。

以上、「文学史」濫造の時代にあって、文学史関係の書籍を逐一確認・評価していた永井一孝の評価に即しながら瞥見してみた。現代においては「文学史」の人として知られているといえそうな藤岡作太郎だが、それは、藤岡の個性によるということではなく、「文学史」が濫造される時代と藤岡の活躍した時期が重なったことによるというべきであろう。社会が、あるいは国家が「文学史」を必要としていた時代であったがゆえに、彼は東京帝国大学文科大学の助教授として、文学史の授業を担当し、また若くして中学校用の教科書ならびに教師用参考書などを執筆・刊行した上で、画期的と評される『国文学全史 平安朝篇』へと結実させたのである。

先の永井の評価は、いわば同業者からの讃辞であったが、藤岡の「文学史」、とりわけ『国文学全史 平安朝篇』は、立場を異にする著名人からも絶賛されている。その最たる例は、国文学者たちを認めていなかった与謝野晶子である。同書が刊行された明治三十八年（一九〇五）、『明星』十一月号掲載の「出版月評」において、彼女は、「今の世の和文家国文家と云はるゝ学者達を厭ひぬ」などと述べたあとで、藤岡の新著について、「第一に尊きは、著者がおのれ生れ給ひし国の世々の思想と趣味とに至り深くおはすること」（傍点は原文通り）などというように絶賛している。[15]

この『国文学全史 平安朝篇』は、濫造されつづける多数の「文学史」群にあってひときわ抜きんでていたことは間違いない。それゆえに、現代の私たちには、藤岡と「文学史」とがより強固に結びついてみえてしまうのでもあろう。

それでは、藤岡の『国文学全史 平安朝篇』は、具体的にいかなる点で優れているといえるのか。現在からみればあたらしくみえないことも、当時にあってはきわめて斬新であったということがあるのかもしれない。次節において、複数の視角からとらえてみよう。

三 『国文学全史 平安朝篇』のあたらしさ

1 なぜ平安朝の文学史か

本書の第一章でみてきたように、藤岡はひろく「文明史」を志向する知見と才覚とをもちあわせ、日本史、風俗史、絵画史などの著作をものし、さらには思想史へのアプローチもみせていた。したがって、藤岡の「文学史」における姿勢は、それらのさまざまな「史」とも渉りあう面があることが容易に想像されるところであろう。『国文学全史 平安朝篇』という書名は、藤岡が上代から同時代(明治期)までの『国文学全史』の完成をめざしていたことを示唆するようにみえる。実際、受講者のノートにもとづく後代の文学史が、死後に刊行されている。また、生前も『国文学史講話』のように一冊にまとめられた国文学史の本が出されてもいるのだが、藤岡には、『国文学全史』という書名にふさわしい、大きなシリーズの構想があったとみてよいのだろう。

ただし、それは当初からの構想であったとはいいにくいようだ。石川近代文学館には、藤岡の自筆原稿が多数所蔵されているが、『国文学全史 平安朝篇』に相当する原稿も保存されている。二十四字二十四行の原稿用紙で(緒言、目次、本文をあわせて)五六九枚に及ぶその原稿の冒頭には、「平安朝文学史」という題が大きく記されている。なお、この原稿の「緒言」には「明治三十六年九月」と記載されている(刊行された方の「緒言」では「明治三十八年九月」)。この「平安朝文学史」が『国文学全史 平安朝篇』として明治三十八年(一九〇五)十月に東京開成館より刊行されるとともに、同年のうちに東京帝国大学より文学博士の学位を授与されることにもなるのであるが、『国文

学全史 平安朝篇』初版本の奥付をみると、右下に小さな文字で「平安朝文学史」という書名が記されている。「国文学全史」とも「平安朝篇」とも記されていない。また、この書籍の一頁、「総論」の手前には、やはり「平安朝文学史」の六文字が大きく印刷されている。刊行が迫ったある時期までは、「平安朝文学史」として出版される予定であったのだろう。なお、同じ明治三十八年の十一月には、『平安朝文学史』一―五の和綴じ本としても刊行されている。

＊

それではなぜ、ほかの時代ではなくて「平安朝」が最初の対象となったのか。

こうした素朴な疑問に対しては、まず、帝国大学に着任するまで京都で日々を過ごし、平安京という空間をいわば実地において体験したということが関係していると想像されるだろう。第三高等学校で藤岡の教えを受けた森洽《もりこう》蔵《ぞう》(一八七九―一九一二)は、「先生の御講義に異彩を放ったのは、地理の詳密であり」、京都在住の「当時の御観察」の成果が、たとえば「平安朝文学史」の「平安城」の章(「総論」の第二章)における「目撃するやう」な「描写」に活かされているという。(16) たとえば、次のような叙述である。

山紫水明の語は、よく京都の景色をいひ表はせり。何処の山水も、日中よりは朝夕の姿態の面白きは、水蒸気の然らしむるなるを知らば、三面を山にして土地湿潤、水分を含むこと殊に濃やかなる京都の朝な夕なが、いかに変化に富めるかは、説明を須ひずとも明かなるべし。嘗て一夏を北陸の海岸に送れることありき。一日、驟雨の至るを見る。疾風さと吹き、浪俄かに高く、黒雲奔りて魔の如く、見るがうちに重なり〳〵て海を覆ふ、波の音は雲の中にあり、電光閃々、磨る墨の雲間に火花を散らす、波か、雷か、世界はたゞ一暗黒の中に没し去るかと、疑はれて凄まじかりき。かくの如く壮絶なる景は、わが数年の滞留中、遂に京都にては見ることを得ず。されど下京より吉田に通ひたる朝な〳〵の景色の、今にも恍惚として眼前にあるを覚ゆ。ひき渡す霞に、三条の大橋の擬宝珠の、一つ〳〵彼方へ〳〵と薄くなりて、向うに寝たる東山はあるかなきかの夢よりいまだ覚めやらず。吉田の岡に並び立てる松は墨絵の刷毛の濃く薄く、花売る乙女の姿は隠れて、声ぞまづ朝靄を漏れ来る。時雨の景色の、またよその国には見られぬ様よ。愛宕の峯を覆ひて白く光りたる薄布の、さては時雨と思ふうちにはらはらと面を撲つ、あはやと驚きも果てず、雲は走りて直ちに東山を包み、いつしかそれも霽れて、今は山科あたりの山巡りするなるべし。かゝるやさしき景色は、山河襟帯の平安京の特色なり。(17)

（一九―二〇頁／1・一四―一五頁）

森が「目撃するやう」だと評価するのも納得しうる、見事な文章である。こうした叙述は、京都滞在の経験なしにはなしえないだろう。

一方で、「平安朝」の文学史から始まった理由として、より直接的には担当授業との関わりがあげられそうである。芳賀矢一のドイツ留学により東京帝国大学へ就職することとなった藤岡が、明治三十三年（一九〇〇）の九月、真っ先に担当した授業のひとつが「平安朝文学史」であった。この点について、第四高等学校から東京帝国大学に進んで藤岡の講筵に列した岩城《いわき》準太郎《じゅんたろう》（一八七八―一九五七）は、次のように記している。

平安朝文学史の講義は、前年に芳賀先生の上代文学史に関する講義の有つた其のあとを承ける意味もあつて、自然に取上げられた題目ではあつたが、藤岡先生に取つて真に適材適所であつたのである。先生は金沢の生れ、金沢は上方文化の影響の下に在る北国の京都、其所で少年から青年になる頃を学校に学び、大学だけは東京であつたが、卒業後は本物の京都に住んで真宗大学や第三高等学校に教鞭を執られたのであるから、平安京はもともと因縁浅からぬ場所柄である。その上に先生の教養や趣味も、此の地に関聯が深かつたのであるから、国文学の上で平安時代を研究せられるのは、正に適《はま》り役として真に偶然でないと言はねばならぬ。[18]

岩城の述べるように、芳賀の後任となったタイミングで、たまたま上代につづく平安時代の文学史を担当することになったというわけであるが、先の森の証言とあわせてみても、平安朝文学史こそ藤岡がまず本格的にとりくむべき課題であっただろうし、また逆も然りで、藤岡という国文学者こそが平安朝文学史を講ずる者として誰よりも「適《はま》り役」であったといえるだろう。端的にいえば、これは藤岡にとって宿縁であったといえるのかもしれない。

2　「女子的」な時代の文学を肯定する

さらに、藤岡と平安朝文学史との宿縁ということは、別の角度からもいえるだろう。本書の「略伝」、その三節でとりあげたように、若き日の西田幾多郎は、「東圃生の文は其本を和に帰す」[19]などと評していた。藤岡は、漢文よりも和文の人なのである。また、山本良吉が回想しているように、帝国大学に進学するまでの一年の休養期間、『源氏物語』に正面から取り組んだことも想起される。[20]

これまで長年にわたり、平安時代の文学というと、一般には『古今集』『伊勢物語』『源氏物語』といった和歌と和文の世界、とりわけ女性たちの和歌、物語、日記などが特筆される傾向があった。現在の研究者たちの認識はともかくとして、多くの人々は、平安時代の代表的な文学というと、おそらく漢詩文などよりも仮名による物語、日記、和歌といったジャンルをまず想起するのではないだろうか。しかし、そのような理解は、遠い昔から至極あたりまえのことであったといえるのだろうか。

先述のとおり、与謝野晶子は国文学者たちを侮蔑していたにもかかわらず、藤岡の『国文学全史 平安朝篇』のことを絶賛していた。そのことは、おそらく鈴木登美による次のような指摘と大きく関わるのではないか。

〔前略〕深い共感を込めて平安朝の文学・生活を称揚する藤岡の文学史記述を支えているのは、「情趣」「愛」(そして、対等な恋愛の相手としての女性への憧憬)「自然」「美」――藤岡の著作のキーワードとなっている――といった概念への限りない信奉である。(21)

このような藤岡の特性については、『国文学全史 平安朝篇』の冒頭というべき「総論」、その「第一章 上古と近世」からも察せられる。そこで藤岡は、まず「武士道は日本国民の宗教なり、道徳なり、極東帝国を論じて、その性質風俗を説明するものは、まづこの根本思想より演繹し来り」(三頁/1・四頁)などと述べて、「武士道の今日における功果は甚だ大なり」(同)といってみせる。彼の帝国大学卒業からこの著書の刊行までというのは、西暦でいうと一八九四年から一九〇五年、つまり日清戦争の始まった年から日露戦争までの時代であった。こうした文言は、そうした時代と無縁ではあるまい。もちろん、藤岡がいいたいことは、このあとに出てくる。

藤岡はつづけて、次のように問うのである。

然れどもたゞこの一武士道を以て、わが国民の特色を網羅し得たりとすべきか、これを以てすべて上下三千載の歴史を説明し得べしとなすか。(三―四頁/1・四頁)

ここで藤岡はまず、外国(特に西洋)の絵画、文学と比べて日本の絵画、文学の特色を云々するような、いわば乱暴な議論を批判した上で、「かくの如き陥り易き誤解は、たゞ東西国を異にする文学の間にのみ見るべきもの」というより、「国は同じといへども、古今時を異にする場合にも」生じてしまう「謬見」だとする(五―六頁/1・六頁)。そして、藤岡が生きた明治時代の少し前、すなわち江戸時代のことを、平安朝とともに「文学の最も隆盛なる時代」(七頁/1・七頁)としつつも、平安朝の文学を江戸時代の側からとらえた場合の問題点を具体的に示してゆく。

江戸幕府時代の批評家が平安朝の文学を見るや、多くは曰く、惜しいかな、描くところ驕奢にして軽靡、かの伊勢、源氏の主人公の如き、姦婬を事として憚からず、著者またこれに同情を寄す、代々の撰集、人々の家集また情語艶詞に充つ、かくの如くして風教を如何と、道徳家流は弾指して顧みず。強ひて弁ずるものは、これまた仏家の善巧方便、表は感興の饒からんことを主として、裏には深邃なる寓意ありとす。或は源氏を以て老荘の教を敷衍したりとし、或は仏教の説を祖述したりとし、或は伊勢を以て生涯の憤懣を楮余に漏らししなりとし、或は和歌もまた道に入る媒なりとす。甲論乙駁、様々の見解を下すものありといへども、いづれも己を以て他を測るものにして、江戸時代の色眼鏡を透して遠く平安朝を観察す。かの文学の真義は得べからずして、却つて後世附加の着色に妨げらるゝも、また止むを得ざることなり。（六頁／1・六頁）

ここでいわれているような「江戸時代の色眼鏡を透して」平安時代の文学を受容するというようなあり方が、現代の研究においてはむしろ積極的に受けとめられ、研究されていることはいうまでもないところである。現時点で、こうした藤岡の批判をそのまま直接的に受けとめ、従う必要はないと考える。しかし、明治時代の国文学の黎明期にあっては、まず藤岡の指摘するような問題を意識することこそが不可欠であったろう。

藤岡は、さらに平安朝文学と江戸時代の文学との大きな違いをとらえ、「時には同一国民の手に成りたるものなりや否やを疑はしむるもの」（八頁／1・七頁）もあるとした上で、さらに二つの時代の対比を重ね、次のように論じる（傍線は引用者による）。

国文学の歴史を学ぶものは、各時代の社会の情態を究めざるべからずといへども、わけて上古と近世との形勢の顕著なる相違に就いて大観せざるべからず。近世は尚武の時代、上古は尚文の時代、一は質素勤倹を奨め、一は浮華侈靡に流れ、一は士農工商のうち武士最も勢力ありて、花の桜木に譬へられたるに、一は公卿殿上人のみ蔓りて、その外の世は月も照らさずと思へり。三従七去、難きを婦人に責めて、しかもその位置を軽視したるは、近世なり。男子と応対相譲らざるのみならず、文才また実にこれを凌ぐべき女子の輩出せしは、上古なり。社会を通じて一般に、江戸時代は男子的なり、平安朝は女子的なり。一は義理を主とし、一は情趣を重んず、仁義五常を一生の指針として、その導く外に逸することを許さざるを、近世の教とし、痛切なる情の動くところ、区々たる制裁の妨ぐべきにあらずと寛仮するを、上古の習とす。意志と運命と相戻つて衝突するや、一は切腹あり、心中あり、一は強ひて運命に屈従するか、さらずば出家あるのみ。敵討、果し合、妖怪退治は江戸小説の好題目にして、和歌の贈答、物詣、法事、舞楽は平安小説に普通なる記事なり。一は血に満ち、一は涙に満つ。これらの相違、求め来ればなほ多かるべし。

（九―一〇頁／1・八―九頁）

右の傍線部にみえる「江戸時代は男子的なり、平安朝は女子的なり」という端的な言葉が、つよく印象にのこる。はたしてこのように断じてよいものか、という批判はもちろんありうるだろう。

だが、おそらくは藤岡当人の資質と、藤岡がとらえる平安朝の特質とが、ここで共鳴している。日本の「文学」における女性とのつよい結びつき、あるいはその女性的な性質ということを明確にうちだしたことは、現代の私たちにとっては何ら新鮮味がないかもしれない。しかし、むしろそれは逆であって、藤岡の提示した理解こそが当時にあっては斬新であり、かつ藤岡以降長らく、ひとつのフォーマットのようになったということではないか。

ここで、藤岡の先輩である芳賀矢一の発言を『国文学史十講』から拾ってみよう。平安時代については、「此時分の女は品行が乱れて居るのが普通で、平安朝は倫理地に落ちた時代でありましたが……」（一〇九頁）[22]というように、品行の乱れが女性に限られているかのような批判をする一節がある。また『源氏物語』に関しては、物語に語られるさまざまな男女関係を確認したのちに、「斯様な腐敗した社会の有様を書いたものを、我国文学の第一のものゝやうに珍重しなければならぬと云ふのも、実は情けないものです」(一一七頁)と述べている。もちろん、この長篇物語を高く評価している面もあるにはあるのだが、この「情けない」という感情は、おそらく本音なのだろう。

こうした問題を「ジャンル・ジェンダー・文学史記述」と題する論考であつかった鈴木登美は、明治二十三年(一八九〇)刊行の、芳賀と立花による『国文学読本』にしても、三上と高津の『日本文学史』にしても、「国語」の基礎である「和文」を創出したことによって平安時代を高く評価」している点をおさえた上で、しかしながら、「艶麗優美」「柔弱」「淫逸」などといった「平安朝の仮名文学、というものに対する彼らの不満は明らかである」と喝破する。さらに鈴木は、「「優美」「やさしい」という特性をめぐる〈男性〉学者・知識人たちのアンビヴァレンスはその後も根強く、津田左右吉や和辻哲郎ら大正リベラリストを経て、戦後までめんめんと続いている」と指摘する。[23] 一方、『国文学全史　平安朝篇』については、「ジェンダーと絡んだその価値評価に大きな変化が現われ」た最初の例として評価し、また「その後の文学史記述や日本文学観にも大きな影響を与えた」とする。[24] 当時のホモソーシャルな学術界にあって、平安時代の仮名文学の特性に対して好悪の両方の感情を抱き、無理に辻褄合わせをしてしまうようなほかの学者たちと一線を画しているのが、藤岡作太郎であった。明治の時代、しかも近隣国との大きな戦争がつづく時代に、彼は平安朝をあえて「女子的」な時代としてうちだした。そして、それをすっきりと肯定したのである。

現在の私たちは、藤岡のこうした姿勢こそが和文偏重の文学史、もしくは漢詩文を軽視しがちな文学観をもたらしたと批判することが可能であり、実際に研究者たちの間では、和文に寄りすぎないような文学史の理解が進んできたともいえるだろう。(25) そのように藤岡の文学史叙述の問題点をおさえた上でなお、数十年にわたって彼の文学史が影響力をもちつづけたということをもあわせて確認しておきたい。

四 「国民性」をめぐる議論とナショナリズム

前節で確認したように、藤岡の活躍した短い期間は、日清・日露の両戦争の時代と重なる。そのような時代において「女子的」なものをためらうことなく肯定する藤岡の文学史は、すがすがしいものとみえる。とはいえ、やはり時代が時代であるだけに、手放しで讃えるわけにもゆかない面はある。ここからは、ナショナリズムの問題についてみてゆきたい。藤岡はどのように、あるいはどの程度ナショナリズムに親近しているのだろうか。

ただし、これはもちろん藤岡一人に限られる問題ではなく、国文学という学問に根深く関わるだろう。そのキーワードは、「国民性」ということになる。そこで、まずは真っ先に「国民性」の問題にとりくんだ芳賀矢一について確認しておく。

1 芳賀の「日本文献学」と「国民性」

明治三十三年(一九〇〇)の九月、「文学史攷究法研究」を命ぜられた芳賀矢一は、ドイツ・ベルリンへ留学することとなった。そのとき、(英文学研究ではなく)英語教育法の研究のためにロンドン留学を命ぜられた夏目金之助(漱石、一八六七—一九一六)らも一緒であった。ベルリン留学から芳賀が帰国するのは、二年後の八月である。

芳賀には、右のとおり、「文学史攷究法」を研究する使命が与えられていた。二十代前半で立花銑三郎と『国文学読本』(富山房、一八九〇年)を著し、さらに留学の前年には『国文学史十講』(富山房、一八九九年)をも発表していた芳賀ではあったが、当時は、日本における文学史研究を支えるような理論も方法も整っていない時代であった。

この「近代「国文学」の肖像」の第3巻にあたる『佐佐木信綱　本文の構築』で鈴木健一が整理しているように[26]、十八世紀末以降に確立してくる「文学史」については、特にイポリット・テーヌ(Hippolyte Adolphe Taine, 一八二八—九三)によって一八六三年に刊行された『イギリス文学史 *Histoire de la littérature anglaise*』(四巻)が明治期の日本において影響力をもち、坪内逍遙《つぼうちしょうよう》(一八五九—一九三五)、島崎藤村《しまざきとうそん》(一八七二—一九四三)なども、それぞれテーヌに学んでいた。そして、先述の三上参次・高津鍬三郎『日本文学史』などが手本としたのも、テーヌの文学史であった。

しかしながら、長島弘明が指摘するように、当時の日本では「文学史」を「攷究」するための「基礎になる「文献学」そのものの体系と理論が構築されていなかった[27]」ことから、芳賀は、「ドイツ文献学 Deutsche Philologie」を学ぶことに主眼をおいたようである。具体的には、アウグスト・ベーク(August Boeckh, 一七八五—一八六七)に代表される、一時代前のドイツ文献学を学んだとされていて、現に帰国の翌年に行った講演に基づく「国学とは何ぞや[28]」では、「ベイツク」、すなわちベークの文献学の目的を紹介し、さらにはヴィルヘルム・フォン・フンボルト(Wilhelm von Humboldt, 一七六七—一八三五)、ヘルマン・パウル(Hermann Paul, 一八四六—一九二一)らの名をあげて、文献学が「国民の学問」(Wissenschaft der Nationalität)に相当すること、あるいは「国民に特有な精神生活を知るといふ」ことが「文献学の目的」なのだというパウルの説を確認している。そして、このドイツ文献学に照らしてみたとき、日本の国学、特に清朝考証学などの影響を受けた幕末の文献考証学的な国学を評価しつつも、一方ではその偏狭さ、また徹底した尚古主義などを批判するとともに、「日本文献学」を標榜してゆくのである。

しかし、芳賀はドイツ留学前から、既に「西洋学者」の「フイロロギー」に言及し、「国学者が二百年来やつて来た事」が「日本のフイロロギーであつた」(29)とまで述べていたのである。長島はこれを評して、「芳賀が留学から得た一番の成果は、国学こそが「日本文献学」であること」の、「発見」ではなくて「再認識」だと断ずる(30)。

それでは芳賀の留学は、単なる国学の焼き直しに終わったのかといえば、さすがにそうではあるまい。ドイツ文献学に学ぶ芳賀は、そこでいわれる「国民性」に注目する。それは芳賀によれば、「心性」の面における「其民族的性質」であり、「その国の文化に影響して、政体、法律、言語、文学、風俗、習慣等に印象を与へる」とともに、「政体、法律、言語、文学、風俗、習慣等の文化の要素は亦逆に国民の性質を形造る」(31)(傍点は原文通り)という。

しかし、ドイツが十九世紀における国民国家形成のひとつの模範たりえたとしても、芳賀のドイツ文献学の摂取には、かなりの問題がある。たとえば、ベークから受けた影響が一面でみとめられるとはいえ、清水正之は、「文献学、国学を「一国の国民性」解明と規定する」のは、ベークの古典的文献学の「埒をふみこえかねない方向」とみている(32)。清水は、ベークとの「際だつ違い」として、(一)「古代という対象」への「他者性の自覚」、(二)「言語の個的性格と類的性格の〈循環〉」という視点、(三)「文献を読み込む主体、解釈の主体」を「方法的に問う視点」、以上の三点が芳賀には欠如していたということを指摘している。

こうした限界があって、芳賀の「日本文献学」は、方法的にも体系的にもうまく展開しなかった。そして、芳賀以降の国文学(日本文学)領域における「文献学」といえば、書誌学と本文批判が中心であって、あるいは注釈をふくめる場合もあろうが、いずれにしても基礎にあたる部分を担う分野とみなされている。

結局、幕末の国学・考証学を継承しつつ、精密な調査と実証を重んずる近代の学問らしい体裁をおおよそ整えることになったとはいえるにしても、芳賀自身が述べていた、「歴史・美術・文学・法制等の間に、一貫した所の関係を見出す」[33]というような、大きなスケールを示すには至らなかったといわざるをえない。

さらに、芳賀の「国民性」をキーワードとする「日本文献学」は、ちょうど日清・日露の両戦争の時代に醸成されたことから、学問的真実よりも国民道徳の方が優先されるような方向へ進んだという問題がある。『国民性十論』の初版発行は明治四十年（一九〇七）の十二月、日露戦争で日本が辛勝してから二年後のことであった。同書は版を重ねた上、昭和十三年（一九三八）には、久松潜一の校註付きで、「冨山房百科文庫」の一冊としても刊行される。

2　藤岡とナショナリズムの関わり

ここまで芳賀矢一の場合をみてきたが、三歳年下の藤岡の場合はどうか。この二人の学問、二人の関係について論じた風巻《かざまき》景次《けいじ》郎《ろう》（一九〇二―六〇）は、「矢一について言える事は作太郎についても言えたのである」と述べているが[34]、また近藤潤一は、芳賀との比較から藤岡のことを次のように評している。

〔前略〕国文学全体系を負託された官学者の重圧は、芳賀ほどにはかれにかからなかったし、生来の内省的で繊細な美的感受性の活動もあって、多少とも自由に、芸術至上風の享受態度をはぐくみえたのであった[35]。

おそらく、「生来の」藤岡の「美的感受性」こそがもっとも肝要なのだろうとはおもわれるが、他方において、その立場上、近藤の指摘するように芳賀よりも自由度が高かったとすれば、勇ましさが求められる時代の中で、藤岡はどこまで、またどのように自由でありえたのだろうか。

芳賀の『国民性十論』の初版発行から三ヶ月後、明治四十一年（一九〇八）三月に、藤岡の『国文学史講話』が刊行されている。『国文学全史 平安朝篇』が同三十八年刊行であるから、さほどの時間が経過しているわけでもないのだが、河添房江が指摘するように、『国文学全史 平安朝篇』の「のびやかな精緻さ」から「国粋主義的な主張」への「傾斜」が著しくなるのである。(36)河添論文では、特に「道真以前の漢文学の受容の時代を否定的に捉えている」点、すなわち「自国の文化を国民が自覚したという国風文化の時代を優位とし、それ以前の漢字崇拝の時代を劣位とする価値観が不動のものとして示されている」ことに留意されている。

また、『国文学史講話』では、「文武」の「武」を重んずる叙述もみえる。『国文学全史 平安朝篇』と対比しやすいので、『国文学史講話』の中から、「平安朝」の部の「第一章　この時代の概観」に注目してみよう。

〔前略〕敢て平安朝の前後とのみいはず、文よりも武を先にして、武事偏重の傾向あるは、日本文化史の一特色なるに、ひとりこの藤原時代のみ文事偏重の異例を見る、また怪むに足らざるなり。文事偏重も一概に難ずべきにあらず、平安の世には、武を外にして、文によりてもなほよく国政を料理し、紀綱をも張るべし。たゞその弊や招き易くして、善用の途を得るに難し、一世の指導者たる藤原氏が武を賤みて、兵器を執るを以て上流貴族のことにあらずとせし世は、漸く文弱に流れ、遊惰に耽り出でぬ。(37)　（八二頁）

藤岡は、「文事偏重も一概に難ずべきにあらず」とは述べるものの、「武事偏重の傾向」こそが「日本文化史の一特色」であり、文事に寄りすぎた「藤原時代」が弊害を「招き易く」、「文弱に流れ、遊惰に耽」る時代であったというように、かなり批判的にとらえているのである。前節で確認したような、『国文学全史 平安朝篇』にみられる藤岡の独自性と先駆性は明らかに後退しているのではないか。

ただし、藤岡の方針が百八十度変わったということではない。その点にも留意しておこう。藤岡は、明治の体制の中で、また近隣国との戦争が度重なるという時代の中で、微妙に調整を図りながら執筆しているのではないかとおもわれる。たとえば、『国文学全史 平安朝篇』の冒頭、すなわち「総論」の「第一章　上古と近世」は、次のようにして開始していたのである。

われら何の幸か、この昭代に遇ひて、千古未曾有の大戦を見、みづから戦勝国の民と誇ることを得るや。二十世紀の歴史の第一章は日本の勃興を以て始まる、その急速なる飛躍は東西古今にその比を見ず、まして黒船に驚き、オロシヤに悸えしわが祖先が、夢にだも想ふこと能はざるところなりき。（一頁／1・三頁）

日露戦争の勝利の年ゆえに、こうして藤岡に似つかわしいとはいいがたい、勇ましい文言から書き出さねばならなかったことが想像される。

また、明治三十六年（一九〇三）に刊行された『近世絵画史』「第五期　内外融化」の第四章は「国粋発揮」と題されているが、その中の次のような一節にも留意しておく。

> 明治二十年の頃は西洋崇拝の最も盛んなりし時にあらずや。十八年の官制改革は第二の維新とも称すべく、その施設すべて泰西の制度を基礎として成れり。二十年に内閣総理大臣が仮装舞踏会を鹿鳴館に開きしが如きは、以て欧米心酔の最も盛んなりしを証するに足る。この時に当りてひとり画運勃興が外風輸入と主義相反せる国粋発揮を標榜として成れるは、一般の時勢と矛盾せずや。然り、一見すれば甚だ矛盾するが如しといへども、しかも決して矛盾にあらず、国粋発揮は即ち外風輸入の結果なり。〔中略〕国粋発揮は西洋崇拝の蕭墻《しょうしょう》のうちに起りぬ。わが国民は他に聴いてはじめて自己を省み、更めて自ら有するところの富に驚けり。[38]
>
> （二六〇―二六一頁）

ここに記されている「国粋発揮」は、傍線部にあるように「外風輸入の結果」と説かれている。政府の極端な欧化政策への批判がなされ、また一方では大国との戦争を繰り返すような時代の中で、藤岡のとっているスタンスは微妙なものがある。少なくとも、典型的な国粋主義、ナショナリズムなどから一定の距離をおいているということはいえるのではないか。

ただし、そもそも近代をむかえた日本における「国文学」とは、笹沼俊暁が論じているように、「西欧を主体とする近代の帝国主義戦争を背景として形成された[39]」といわざるを得ない。そうした研究形成のシステムについては、現代の日本文学研究、あるいはより広くアジアの人文学などが、誤った方向へと進んだり利用されたりしないためにも、不断に検証してゆく必要があるだろう。

いずれにせよ、日露戦争から二、三年の間にまとめられた藤岡の『国文学史講話』の中で国粋主義、ナショナリズムへの傾きが顕著にみられるようになったということを私たちはよく肝に銘じておきたい。この藤岡の『国文学史講話』は、芳賀の『国民性十論』と同様に多くの読者を得ることとなる。すなわち、昭和十五年（一九四〇）に「改造文庫」の一冊として刊行されているのである。日露戦争の終結から三十五年後、さらなる戦争の時代に芳賀、藤岡の両人の著作がよく読まれたということからは、国文学という学問のもつ危うさをおもわずにいられないのである。

（1）以下、この章は、筆者がかつて執筆した次の二篇の論考にもとづく部分をふくむ。
- 陣野英則「明治期の「文学」研究とアカデミズム——国文学を中心に」（甚野尚志・河野貴美子・陣野英則編『近代人文学はいかに形成されたか　学知・翻訳・蔵書』勉誠出版、二〇一九年）。
- 陣野英則「学問と「文学」——明治期の「文学」史」（河野貴美子・Wiebke DENECKE・新川登亀男・陣野英則編『日本「文」学史　第三冊　「文」から「文学」へ——東アジアの文学を見直す』勉誠出版、二〇一九年）。

（2）諏訪春雄『国文学の百年』（勉誠出版、二〇一四年）、三頁。

（3）東京大学百年史編集委員会編『東京大学百年史——部局史　一』（東京大学出版会、一九八六年）に拠る。なお、長島弘明「大学の設置と国文学研究」（長島弘明編『国語国文学研究の成立』放送大学教育振興会、二〇一一年）において、要を得た整理がなされている。

（4）神野藤昭夫「近代国文学の成立」（酒井敏・原國人編『森鷗外論集　歴史に聞く』新典社、二〇〇〇年）、および同「始発期の近代国文学と与謝野晶子の『源氏物語』訳業」（『中古文学』九二、中古文学会、二〇一三年十一月）に詳細な紹介と整理がある。なお、田中稲城は、帝国図書館（のちの国立国会図書館）の初代館長を務めた人物であり、棚橋一郎は、井上円了の創設した哲学館（のちの東洋大学）の講師となって倫理学などを講じたのち、衆議院議員、また東京市会議員となっている。

（5）藤田大誠『近代国学の研究』（弘文堂、二〇〇七年）。

（6）柄谷行人「近代の超克」（『〈戦前〉の思考』文藝春秋、一九九四年）、一〇四頁。ドイツ語は、法律および医学の言語として「国家」的に重視された。なお、高田里惠子『文学部をめぐる病――教養主義・ナチス・旧制高校』（松籟社、二〇〇一年）の「病原　さらば、東京帝国大学」では、この柄谷論文にもふれながら、帝国大学独文科の「語学教師養成所としての機能」（一三四頁）と、上田《うえだ》整次《せいじ》（一八七三―一九二四）ら同学科教授たちの「「文学」からの遠さ」（一四一頁）とがつぶさに述べられている。

（7）鈴木貞美『日本の「文学」概念』（作品社、一九九八年）、「Ⅴ　観念とその制度」に詳しく述べられている。

（8）山田俊治「福地源一郎の「文」学」（河野貴美子・Wiebke DENECKE編『アジア遊学162　日本における「文」と「ブンガク《bungaku》」』勉誠出版、二〇一三年）。

（9）田口卯吉『日本開化小史』の初版は自費出版による。のち、改造文庫（一九二九年）、岩波文庫（一九三四年）、講談社学術文庫（一九八一年）などとして刊行される。なお、以下の引用は改造文庫版による。

（10）和田繁二郎「明治初期における「文学」の概念」（『近代文学創成期の研究――リアリズムの生成』桜楓社、一九七三年〈初出は一九六三年〉）。

（11）久松潜一「解題」（『明治文学全集44　落合直文　上田萬年　芳賀矢一　藤岡作太郎集』筑摩書房、一九六八年）、四二九頁。

（12）前田雅之「「国文学」の明治二十三年――国学・国文学・井上毅」（前田雅之・青山英正・上原麻有子編『幕末明治　移行期の思想と文化』勉誠出版、二〇一六年）。

（13）https://dl.ndl.go.jp/（二〇二一年四月十一日閲覧）。なお、確認しうる五点のうち一点は開講年度が明示されていないが、内容から察するに、明治四十三年度版と同一か、それに近い版とおもわれる。

(14)　永井一孝講述『国文学史　早稲田大学四十三年度文学科講義録』(早稲田大学出版部、一九一〇年)。
(15)　与謝野晶子「出版月評」(『明星』巳歳一一、東京新詩社、一九〇五年十一月)。
(16)　藤岡由夫編『藤岡東圃追憶録』(自家版、一九六二年〈復刻増補版、初版は一九一二年〉)、森治蔵による「追憶」、八六頁。なお、これは藤岡の死から二年後に書かれているが、ここでも『国文学全史　平安朝文学史』と記されている。
(17)　引用は、藤岡作太郎『国文学全史　平安朝篇』(東京開成館、一九〇五年)に拠り、同書の頁数、東洋文庫版の頁数の両方を示す。なお、ここに引用した一節について、昭和十六年(一九四一)の三月から二年半ほど第三高等学校に在学した経験をもつ秋山虔は、「京都の風土と関東育ちの私とをつなぎ向き合わせることになった」と述べている(秋山虔「平安朝文学研究の古典『国文学全史　平安朝篇』」『古典をどう読むか　日本を学ぶための『名著』12章』笠間書院、二〇〇五年〈初出は一九九七年〉)。
(18)　岩城準太郎「藤岡先生の思出」(『国語と国文学』一七‐四、至文堂、一九四〇年四月)。
(19)　西田幾多郎「我尊会有翼文稿」、「我尊会員諸君を評す」より「淡斎子と東圃生」(『西田幾多郎全集　第十一巻』岩波書店、二〇〇五年)、三六五頁。
(20)　山本良吉「藤岡博士の思出」(『国語と国文学』一七‐四、至文堂、一九四〇年四月)。
(21)　鈴木登美「ジャンル・ジェンダー・文学史記述――「女流日記文学」の構築を中心に」(ハルオ・シラネ・鈴木登美編『創造された古典――カノン形成・国民国家・日本文学』新曜社、一九九九年)、九八―九九頁。
(22)　引用は、芳賀矢一『国文学史十講』(富山房、一八九九年)に拠る。
(23)　注(21)、前掲論文、九二―九五頁。
(24)　注(21)、前掲論文、九七頁。
(25)　河野貴美子、ヴィーブケ・デーネーケ(Wiebke Denecke)の両氏が中心となってすすめた研究プロジェクトの成果である『日本「文」学史』全三冊(勉誠出版、二〇一五―一九年)などが典型的といえるだろう。

（26）鈴木健一『近代「国文学」の肖像 第3巻　佐佐木信綱 本文の構築』（岩波書店、二〇二一年）、七〇―七四頁。
（27）長島弘明「文献学の成立」（注（3）、前掲の『国語国文学研究の成立』）。
（28）芳賀矢一「国学とは何ぞや」（芳賀矢一選集編集委員会編『芳賀矢一選集　第一巻　国学編』國學院大學、一九八二年〈初出は一九〇四年〉）、一五四―一六〇頁。
（29）芳賀矢一『国学史概論』（注（28）、前掲書所収）、四五頁。なお、同書が国語伝習所から刊行されたのは明治三十三年（一九〇〇）の十一月だが、その内容は同年八月に実施された講演の速記録であり、留学に出発する直前にあたる。
（30）注（27）、前掲論文。なお、杉山和也「国文学研究史の再検討――『今昔物語集』〈再発見〉の問題を中心に」（『説話文学研究』五一、説話文学会、二〇一六年八月）など、杉山の一連の論考では、留学前の芳賀が、既に帝国大学のドイツ文学講師を務めていたカール・フローレンツ（Karl Florenz, 一八六五―一九三九）より学んでいたことが論じられている。
（31）芳賀矢一『国民性十論』（冨山房、一九〇七年）、一―二頁。
（32）清水正之「文献学・解釈学・現象学――哲学と思想史研究の間」（『中央大学文学部紀要　哲学』五八、中央大学文学部、二〇一六年二月）。
（33）注（28）、前掲論文、一五六頁。
（34）風巻景次郎「芳賀矢一と藤岡作太郎――黎明期の民族の発見」（『文学』二三-一一、岩波書店、一九五五年十一月）。
（35）近藤潤一「芳賀矢一と藤岡作太郎」（『国文学　解釈と教材の研究』一四-一、学燈社、一九六九年一月）。
（36）河添房江「藤岡作太郎・国文学全史の構想」（『東京学芸大学紀要　人文社会科学系Ⅰ』六八、東京学芸大学学術情報委員会、二〇一七年一月）。
（37）引用は、藤岡作太郎『国文学史講話』（岩波書店、一九二八年〈改版第三刷、岩波書店版第一刷は一九二二年〉）に拠る。
（38）引用は、藤岡作太郎『近世絵画史』（ぺりかん社、一九八三年）に拠る。
（39）笹沼俊暁「アジアの中の人文学」（中野目徹編『近代日本の思想をさぐる　研究のための15の視角』吉川弘文館、二〇一八年）。

第三章 鑑賞的批評の確立

一 「平安朝の一人となりて」

第一章でとりあげたように「文明史」を志向する知識と教養とを備え、実際に風俗史、絵画史などの著作をものし、さらには思想史へのアプローチさえ示していた藤岡作太郎であった。旧来の国学にも、また明治二十三年(一八九〇)以降の国文学という学問分野にもまったくおさまりきらないような、構えの大きさが彼の特長のひとつといえるだろう。

しかし、それは藤岡の論述が大味であるということを必ずしも意味するものではない。それどころか、藤岡の文学作品との関わり方をみてゆくと、ある種の繊細さ、こまやかさがみられる場合も少なくない。対象となる作品を彼なりに丁寧に読み込むとともに、彼自身の内へと作品を取り込んでゆく姿勢とでもいえるだろうか。そうした態度は、彼の文学史叙述の全体にゆきわたっているとはいえない。しかし、彼が重要とみなす作品に対しては、独自の「鑑賞的批評」と呼ぶべきスタイルを確立しているようにおもわれる。高木市之助にいわせれば、「藤岡先生の見方が新しいとか古いとかいうのではなくて、文学というものにじかに触れていたんですね(1)」ということになる。

そのようにも評された藤岡は、たとえば平安時代の「文学」というものに対して、次のような方針でのぞもうとしている（『国文学全史 平安朝篇』「総論」の「第一章　上古と近世」）。

〔前略〕今を隔ること遥かに遠く、幕府樹立の以前、禅宗、真宗、日蓮宗などの行はるゝ以前、江戸はもとより鎌倉もいまだ開けざる頃、玄関、書院もなく、茶の湯も知らず、砂糖も用ひず、夢にも鉄砲を見ず、十露盤も弾かぬ頃の文学を、八九百年後の今日にありて、読破し批評せんとす。殊に注意を加へざれば、江戸時代の論者の覆轍を踏み易し。虚心平気、明治の社会を離れ、評者みづから平安朝の一人となりて、以てその時代を見る、蓋し正鵠を得るに近からん。(2)

（九頁／2・八頁）

この「平安朝の一人となりて、以てその時代を見る」、あるいはその時代の文学を読んでゆくということは、たとえば、長島弘明が述べるように、「自分の記憶にある京都に重ねるようにして平安京を幻視し、またはばかることなく王朝の女性に感情移入する」といった姿勢となるのである。(3)

このような藤岡の文章について、秋山虔は、次のように否定的な面がふくまれることを指摘している。

〔前略〕藤岡がその時代の人とならねばならぬとして説き進めてきた平安時代の政治・社会、風俗、宗教等々は、それが精密克明であればあるほど、そして多くの知見を与えられれば与えられるほど、時空の遠方に押しやられる世界であるほかはない、という実感をいかんともしがたいのである。いったい、その時代の人となるということはその時代の精密画を描くことで可能なはずはなかろう。〔中略〕そうした時代の、社会のあれこれの細密画を描いてみる作業が文学の領解にどうかかわるのかは必ずしも分明ではない(4)。

こうした秋山の指摘のとおりであって、国文学あるいは日本文学の研究がいかにあるべきかという観点からみたとき、藤岡の姿勢は、私たちにとって当たり前の研究のあり方からかなり外れているようにも感じられる。そもそも、藤岡の先輩である芳賀矢一にしても、他の同世代の多くの学者たちにしても、文語文から口語文へと切り替えてゆく中で、藤岡は流麗ともいいうる文語文を自らの文体として手放すことはなかった。この文語文こそ、藤岡の「平安朝の一人」になってゆこうとする姿勢と切り離せないものであったのだろうとおもわれる。

その美文は、現代の研究という見地からすれば、もはや手本とはしにくい。とはいえ、その内実はどうか。おそらく、何もかもが古びてしまっているわけではあるまい。

＊

ここから先では、藤岡の研究のあり方を多角的にみてゆく上で、あえて対象を絞ってみたい。おもに『国文学全史 平安朝篇』の中での『源氏物語』に関する論述を例としてとりあげることとする。

第二章で確認したとおり、藤岡の『国文学全史 平安朝篇』は、同時代に多数刊行された文学史関係の書籍の中でも特に高い評価を得た。その理由はさまざま考えられるが、最大のポイントといえば、明治期後半、主要といえるような古典作品でさえ、未だ校訂本文も注釈も充分に提供されていないような状況下でありながら、単なるカタログのようなものではなく、個々の文学作品の中身を自らの力で把握し、読むことを実践した上での叙述としてまとめられているということにあるのではないかとおもわれる。また他方において、『源氏物語』のように遠い過去から注釈・批評などが重ねられてきた作品については、それらへの目配りが効いているという点も看過しがたい。

ここで、『国文学全史 平安朝篇』の構成について簡単に確認すると、「総論」がおかれたのち、第一期―第四期の四つに時系列順で区分されている。そして、第一期の「弘仁前後」は九章、第二期の「延喜天暦」は十一章、第三期の「道長時代」は十五章、第四期の「平安末期」は十二章から成る。このうち、もっとも多くの紙数が費やされているのが、第三期の第八章から第十二章まで、あわせて五つの章にわたって記されている『源氏物語』(および紫式部)の記述である。それら五つの章の題目を順に示すと、「源氏物語(一)―その梗概」「源氏物語(二)―註釈批評の書」「源氏物語(三)―紫式部」「源氏物語(四)―古来の準拠説」「源氏物語(五)―その評論」というものである。

これらのうち(三)は、秋山虔がまとめているように、「過不足なき紫式部論であり、作家論の先駆的な述作である紫家七論を評価しつつも、その儒家的教誡観を斥け、深慮をもって生きた平安朝の女性としての紫式部像がうち出され」(5)たものといえるだろう。

以下、この(三)以外をみてゆくこととする。この長篇物語についての把握のしかた、あるいは近代に至るまでの『源氏物語』古注釈のとらえ方などから、藤岡に至るまでの学問が、藤岡を通してどのように受けとめられているのかをおさえる。その際、現在の研究における常識、視座、方法などに照らしてみて、到底みとめがたいというところもあわせておさえてゆくことが、これまでの、そしてこれからの研究史・学説史をとらえる上では必須でもあろう。

二　『源氏物語』の構成把握

1　構成をめぐって

まずは、「第八章　源氏物語(二)―その梗概」の叙述から、藤岡の「文学史」における研究・批評の特質に迫ってみる。ここでは、『源氏物語』のあらすじをただ丁寧にあとづけるというだけではなく、『源氏物語』全五十四帖の構成をめぐり、巻どうしのつながり、まとまりなどについて丁寧に説明しながら、独自のとらえ方をも示しているといえるだろう。藤岡による構成の把握について、彼の記した言葉遣いをそのまま活かしつつ、筆者なりに整理してみると次のようになる。

「正篇」＝「一部のうち前の四十四帖」
　「前紀」＝「桐壺より槿まで二十帖」
　　「第一期」＝「桐壺より花宴まで」
　　「第二期」＝「葵巻に入りて」「須磨、明石の巻」まで
　　「第三期」＝「澪標より槿まで」
　「中紀」＝「乙女より藤裏葉まで十三帖」
　　「第一期」＝「乙女巻」と「玉鬘巻」

「第二期」＝「初音、胡蝶、螢、常夏、篝火、野分の六帖」と「行幸、藤袴の二巻」
「第三期」＝「槙柱、梅枝、藤裏葉」
「後紀」＝「若菜より竹河まで十一帖」
「第一期」＝「若菜巻」から「夕霧巻」まで
「第二期」＝「御法巻」と「幻巻」
「第三期」＝「匂兵部卿巻」と「紅梅巻」と「竹河巻」
「続篇」＝「後の十帖」＝「宇治十帖」
「前期」＝「橋姫、椎本、総角、早蕨、寄生」
「後期」＝「東屋、浮舟、蜻蛉、手習、夢浮橋」

（四三三―四五七頁／2・九二―一〇七頁）

今日、『源氏物語』の構成を説明する際にしばしば用いられている三部構成説、すなわち「桐壺」巻から「藤裏葉」巻までの三十三帖を第一部、「若菜上」巻から「幻」巻までの八帖を第二部、そして「匂兵部卿」巻から「夢浮橋」巻までの十三帖を第三部というように分ける説に比べると、特に大きく異なるのは正篇と続篇の分け方である。

以下、三部構成説との関わりについて、少し立ち入って検討してみよう。

池田《いけだ》亀《き》鑑《かん》（一八九六―一九五六）の東京大学文学部における昭和二十五年度・二十六年度の講義ノートにもとづく「源氏物語の組織と構成」という論文がある。(6) そこで池田は、「橋姫以下十帖を一括して宇治十帖とし、竹河以前の四十四帖に対する続篇の位置を与え」てきた先人たちのとらえ方に理由があることを認めながらも、まずは「光源氏の死を分岐点として」、「前後の二部に分けるのが妥当であろう」と述べている。その上で、それぞれをより細かなパートに分けてみてゆこうとする論述の中で、「若菜から幻に至る八帖」を「宇治十帖への進展の準備を整えている」中篇として重視し、「源氏を三部作と見て、この部分を第二部と見るのがあたっているかも知れない」としている。やや控えめに、構成に関するあらたな試案を示しているという趣である。この池田論文におけるより細かな構成把握は、小見出しにおいて示されているのだが、実のところは、次のように藤岡の示した構成把握とかなりの部分が重なっているのであった。

「前篇、前期」
「第一期　桐壺—花宴」「第二期　葵—明石」「第三期　澪標—乙女」
「前篇、後期」
「第一期　玉鬘—藤裏葉」「第二期　若菜—幻」
「後篇」
「第一期　匂宮—竹河」「第二期　橋姫—早蕨」「第三期　宿木—夢浮橋」

先に確認したとおり、「匂宮三帖」(「匂兵部卿」「紅梅」「竹河」)の位置づけが大きく異なるほか、「玉鬘十帖」(「玉鬘」—「真木柱〈槙柱〉」)とその前後のあたりなど、池田論文の方がより大摑みであったり、微妙に切れ目が異なるところもあったりするが、藤岡のとらえ方を踏襲している面もかなりあるといえるのではないか。

もっとも大きな違いというべき「正篇」と「続篇」(池田の「前篇」と「後篇」)の分け方、いいかえると「匂宮三帖」の位置づけについては、今日でもなお議論がある。

藤岡以前の例として、明治三十二年(一八九九)刊行の芳賀矢一『国文学史十講』、その「第五講」をみると(一部に誤植がみられるのだが)「前篇四十四帖」と「後篇十帖」という分け方を示している[7]。こうした分け方を藤岡も踏襲しているといえるのだろう[8]。

この点について、あえて私見を加えておく。筆者は、「匂宮三帖」の物語が、光源氏亡き後の世界といっても、実は光源氏の称揚、ならびにその王権物語の終焉を示す内容を備えていることから、既に論じたことがあるように、藤岡たちと同様に分ける方が物語内容、また物語の実質的な性格に合致しているのではないかと考えている[9]。

さらにあとひとつ、藤岡の示した構成把握と池田論文との違いで、特に注目すべき点に言及しておく。それは、藤岡の用いた言葉でいうと、「正篇」の「前紀」と「中紀」の切り方である。池田の方では、「前篇、前期」の最後が「乙女」巻ということで、今日の呼び方として定着している「玉鬘十帖」の手前で分けている。それに対して、藤岡は「朝顔〈槿〉」巻までをひと括りとする。これは、どちらが正解というふうにいえることではないが、筆者としては断然、藤岡説を支持する。

「朝顔」という二十番目の巻は、亡き桃園式部卿宮(桐壺院の弟宮)の姫君で、賀茂の斎院を退下した朝顔の姫君に光源氏が接近を図るという物語が中心となっているが、物語の主たる舞台となる桃園の宮には、女五の宮(桐壺院の妹宮)、さらに源典侍という老女たちが住まい、養老院さながらという案配で、要は、遠くなりつつある桐壺帝の御代が回想される仕掛けがほどこされているのである。さらにこの巻の最後では、亡き藤壺の宮が光源氏の夢にあらわれ、苦しみを伝えてくる。それを受けて、光源氏は藤壺の宮の往生を願い供養するのであった。

これにつづく二十一番目の「乙女」巻はどうか。光源氏の息子夕霧の教育をめぐる問題、また夕霧とその従姉妹である雲居雁との恋が中心的に語られる。つまり、新世代が大きくせり出してくるのである。

藤岡は、右のような差異をつよく意識して「正篇」の「前紀」と「中紀」とを分けているのかというと、実はかなり異なるようだ。彼は、十九番目の「薄雲」巻において、「藤壺の薨去を叙して」いること、また明石の君の産んだ姫君を紫の上が預かるというような物語内容こそが節目になるとみているようである。そして、つづく「朝顔」という巻については、「到底蛇足たるを免れず」(四四三頁／2・九八頁)と評している。この見方は、今日においてはまったくいただけないものであり、「薄雲」巻と「朝顔」巻の二帖にわたってひとつの区切りをつけているとみるべきであろう。しかし、これは『源氏物語』の物語内容に関して多数の研究者たちが議論を重ね、見方が熟成してきたからこそいえることであり、藤岡にそこまでの読解を求めることはできまい。「朝顔」巻の評価は措くとして、藤岡が物語内容上の切れ目にあたるところをうまく掌握していることは確かであろう。

2　物語の終結をめぐって

加えて確認しておきたいのは、この章において藤岡が構成についての見解を示しているだけでなく、彼自身の文学観を示唆するような叙述も織り込んでいるという点である。ここでは、この長篇の最後にあたる「夢浮橋」巻の巻末を物語の「完結せるものとすべきか」(四五六頁／2・一〇六頁)どうかという問題について、自説を述べている部分に注目してみよう。

藤岡の論述はきわめて周到といえる。「段落なきところに筆を止」めているようにみえることから、ひとまず作者の「事故」もしくは「病歿」の可能性をも想像してみた上で、次のように述べているのである。

夢浮橋の名は既に転蓬萍流の世態を示せり、運のさだめなきぞ世のさだめ、悲しきことも悲しきことのみにあらず、めでたきこともめでたきに終らず、宇津保、落窪の如き結末は、人生を写さんとする著者の眼には余に稚し。さらばなほ委曲に波瀾蕩揺の様を写し往かんには、更に同じことを繰り返さざるべからず。かくしてさだめなきにさだめ、将来の運命如何を想うて読者をして伎癢の感に堪へざらしむるところ、即ち紫式部が苦心惨澹の跡を見るべきにあらずや。しばらく現存の巻数に依りて、私見を述ぶるのみ。

（四五六頁／2・一〇六頁）

今日の私たちにはあまりなじみのない言葉がみられるが、特に留意すべきは傍線部であろう。「伎癢《ぎよう》」に「堪へ」ずというのは、技量をそなえた者が腕前を示したくてうずうずすることを意味する。物語の読者、しかも自ら物語を作ることもあるような読者を想定した上で、そういう読者に対して、ここから先の物語の展開を想像させようとしているのではないか、というとらえ方である。これは、現代においても積極的に支持しうる説であろうとおもわれる。また、『うつほ物語』、あるいは『落窪物語』のような大団円について、「人生を写さんとする著者の眼」には幼稚にみえてしまうだろうというのも、うなずけるところである。

三　『源氏物語』の注釈史・研究史を受けて

1　注釈史の受けとめ方

次いで、「第九章　源氏物語(二)―註釈批評の書」に注目してみよう。

ここでは、『源氏物語』の分厚い享受の歴史をひもとき、古注釈のこと、またとりわけ準拠説が相当丁寧におさえられた上で、「『源氏物語』論」をも対象化しつつ自説を示してゆくという周到な展開となっている。いずれも、単なる諸注釈、諸説の紹介にとどまるのではなく、藤岡自身の言葉でそれぞれの価値、意義を論じ、また批判すべき点も率直に批判している。

たとえば、古注釈書の「序」「おほむね」「総論」などでは、先行する注釈などに言及している例がある。また、芳賀矢一『国文学史十講』の「第五講」の中でも代表的な『源氏物語』古注釈を示す箇所はあるのだが、平安時代末から江戸時代末までの長きにわたる注釈史・研究史を藤岡ほど丁寧に整理している例はきわめて少ないだろう。幕末期(一八五四―六一年)に刊行された、萩原広道《はぎわらひろみち》(一八一五―六四)の『源氏物語評釈』、その「総論《ノ》下」の冒頭におかれている「此《ノ》物語《ノ》注釈どもの事」が詳細かつ鋭利な内容を有しているが、この広道の整理を超える充実ぶりである。

藤岡の姿勢は、室町時代までの注釈類に対してかなり厳しい評価をとっている。

そも〱平安末期より、仏教は更にその勢を新たにして、深く人心に感染し、鎌倉、室町の世は。(ママ)黯憺たる現実に苦みて、当来の光明にあこがれ、幻妖不思議の空想の雲は社会を覆ふ。文藝における仏教の感化、この時より甚しきはなく、業平、小町も仏菩薩の権化にして、濁世済度の為に仮に生れ出でしものとし、和歌の根本の理想も三世因果の理を示すにありとす。かゝる時、源氏を解するものが、その河内本を奉ずるものと青表紙を貴ぶものとを問はず、いづれも仏教的観念を以てこれを見るは、勢のまさに然るべきところなり。著者が想像に任せて人生の禍福を写し、読者をして喜憂交ゝ至らしむるは、狂言綺語の罪を免れず、傷ましいかな、紫式部はこれが為に、死して後、地獄に墜ちたりと伝へ、これを救はんとて、仏事供養をなすものあり。妄語は仏家の厳に戒むるところ、しかも源氏は世人の愛読するもの、この撞着を融和せんが為に説を立て、五十四帖も実は浮屠者のいはゆる善巧方便、理を説くのみにては、耳を傾くるもの少き故、表に種々の情話を構へて、裏は玄妙の法理を教へたるものなりといふ。かくして学問不振、師資相承して渝ることなきを誉とする時、辞句の解釈といひ、思想の批評といひ、毫も改新の見るべきなく、因循姑息、以て江戸時代に及べり。

（四六二―四六三頁／2・一一六頁）

鎌倉・室町時代について、藤岡の認識としては、「文藝における仏教の感化」のもっとも甚だしい時代であって、『源氏物語』も「仏教的観念を以て」解されてきたということになる。もちろん、こうした理解は、後述するように、藤岡の態度が本居宣長（一七三〇―一八〇一）の「もののあはれ」論に近いことと大きく関わる。それにしても、藤岡の批判はかなり過激である。傍線部では、中世の古注釈などにあって「学問」は「不振」であり、「師資相承」、すなわち師匠の説が弟子に受け継がれるばかり、要は変化しないのをよいこととしていたので、解釈も批評も何ら新しさはなく、その場しのぎのものにすぎない、ということを述べている。全面的な否定といえるほどであろう。

右のような中世の古注釈の理解は、現在の研究者たちには、あまりにも皮相的にすぎるとおもわれるだろう。たとえば、三条西《さんじょうにし》家が秘説を踏襲してゆくということはたしかにあるのだが、三条西家の中でも実隆《さねたか》（逍遙院、一四五五―一五三七）からその子の公条《きんえだ》（称名院、一四八七―一五六三）、さらにその子の実枝《さねき》（実澄《さねずみ》・三光院、一五一一―七九）と、単に秘説を墨守しつづけていったということでは決してなくて、秘説は秘説として伝承しつつ、公条にしても実枝にしても、あらたな解釈を示したり、先行する説を批判したりすることが当たり前になされている。この三条西家の「源氏学」に先立つ権威であり、諸学に通じてもいた一条兼良《いちじょうかねよし》（一四〇二―八一）についても、それまでの学問・注釈のあり方を大きく変革したことなどが、近年では盛んに論じられている(10)。ただし、中世の学問、特に注釈というものは、明治期はもちろんのこと、その後もしばらく積極的に研究対象とされる機会が少なかったことから、藤岡の理解がきわめて不充分であるのも無理からぬことではある。

とにかく、藤岡には右のような認識があるため、江戸時代に入ってからの注釈と批評の方が重要だということになるわけだが、彼は、『源氏物語』関係の注釈、批評の類いの中でも「四大書と称すべき」ものについて、次のように述べている。

かくして源氏に関する著述その数甚だ多きが中に、その四大書と称すべきは、湖月抄、紫家七論、玉の小櫛、源氏物語評釈これなり。旧説の註、浩瀚なるものもとより多しといへども、湖月が初学者に便にして、最も広く行はれたるを以て、しばらくこれを数ふ。評釈また応用の才、細緻の説の見るべきを取る。片々たる小冊、世人の注意を引くこと多からずといへども、卓越の見を以て、従来の僻説を打破して、文学の研究に一時期を劃せるは、実に七論と小櫛とにあり。（四六七―四六八頁／2・一一九頁）

あらためて整理すると、「四大書」に相当するのは、北村季吟《きたむらきぎん》（一六二五―一七〇五）の『源氏物語湖月抄《こげつしょう》』（一六七三年刊）、安藤為章《あんどうためあきら》（一六五九―一七一六）の評論『紫家七論《しかしちろん》』（一七〇四年刊）、本居宣長の『源氏物語玉の小櫛《たまおぐし》』（一七九九年刊）、そして先にも言及した幕末期の萩原広道『源氏物語評釈』である。右のような藤岡の評価は、おそらく今日においてもおおよそ了解されうるのではないかとおもわれる。あるいは逆に、藤岡によって示された右のような評価が、いわば『源氏物語』の注釈史と研究史の見取り図のような役割を果たし、のちのちまで影響を与えたという可能性もありうるだろう。

2　「準拠」もしくは引用、そして「本意」の問題

一方、「第十一章　源氏物語(四)―古来の準拠説」においては、今日の研究者たちが用いる「準拠(准拠)」よりも広義のとらえ方によって、研究史が整理されている。藤岡によれば、「準拠」というものは、次の三つに区分されるという。

「甲の一」＝「個々の事実の準拠」のうち「その資料を従来の小説に求めたるもの」

「甲の二」＝「個々の事実の準拠」のうち「古今の歴史に取りたるもの」
「乙」＝「物語の本意の根源」　（四八三頁／2・一三八頁）

これらのうち「甲の一」は、今日の研究では「準拠」という術語を用いることはほとんどない。むしろ、先行する物語の「引用」の問題、さらには「インターテクスチュアリティ（間テクスト性）」の問題として、特にこの半世紀の『源氏物語』研究ではかなり積極的に議論がかさねられてきたといえるだろう。

藤岡の場合、まずは『うつほ物語』を「源氏の粉本」（四八三頁／2・一三八頁）として重視する。といっても自身の見解を述べるというよりも、細井貞雄《ほそいさだお》（一七七二―一八二三）による『空物語玉琴《うつほものがたりたまごと》』（一八一五年刊）に拠りながら、『うつほ物語』と関係のありそうな箇所を列挙している。また、藤岡より六歳年少の長谷《はせ》川《がわ》福平《ふくへい》の説に拠りつつ、『落窪物語』との関わりがみとめられそうな五箇所を示している。あとは、浮舟の物語と「菟原処女《うないおとめ》」（『万葉集』および『大和物語』）との関わりについて、ほんの少しばかりふれるという程度である。

こうした物語引用の問題について、藤岡は自らの探究の成果をほとんど示していない。また、たとえば「つくり物語」に限ってみても、『竹取物語』との関係については、何ら言及がないわけだが、現代の研究では、『源氏物語』の要所要所における『竹取物語』引用こそが盛んに論じられているのである。明治期の研究からの変化の度合いということをあえていうならば、この「甲の一」がきわめて高いとおもわれる。

これに対して、「甲の二」は、典型的な「準拠」説を並べている。「準拠」については、中世の古注釈から、現代の多くの研究者たちに至るまで、きわめて多数の指摘、また論考などがみられる。藤岡は、ここで古注以来しばしば論じられてきた主要な説を多数紹介しているが、類似する史実などをあまりに細々としたものまで求めすぎることに対しては、否定的な見解を示している。このあたりの姿勢は、現代からみても違和感を与えることは特にない。あえていえば、藤岡自身がこうした「準拠」説に対して冷めた意識をもっているということがあるだろうか。

三つ目の「乙」は、『源氏物語』の「本意」について示した旧来の説を四つに整理し、それについて論じている。四つというのは、次のとおりである。

(一)　天台六十巻に擬らへたりといふこと。

(二)　荘子に基けりといふこと。

(三)　春秋に擬らへて勧懲の意を含めたりといふこと。

(四)　史記に基けりといふこと。

(四九三―四九四頁／2・一四四―一四五頁)

これらの中世以来の説について、藤岡は先述のとおり近世の注釈と批評を重視する立場から、もちろん批判的にみている。それは、儒教と仏教の考え方を排してゆくという方向であって、本居宣長の「もののあはれ」論に合致してゆく把握でもある。実際に、藤岡はその宣長説について、大いに賛同し、また讃えている。

本居宣長博覧一世に絶し、議論尽く根拠あり。その源氏を論ずるや、すべて物語は物の哀を知らしむるものなり、この目的に合へば、物語の本意は達せり、他に意あらんや、読者またその心して読まざるべからずとす。

〔中略〕実にこれ千古の疑団を解決したるものにして、古冢の下、紫式部を起し来るとも、よくわが意を得たりと首肯せん。今日より見れば、ことに珍らしげもなき説ながら、当時にありてこの論を立てたるは、非常の卓見なりと称せざるべからず。

（四九八頁／2・一四七頁）

第二章の三節でとらえたように、藤岡は明治期の、しかも近隣国との戦争がつづいたさなかにあって、平安時代を「女子的」ととらえ、しかもそれを肯定的に評価してみせたのであるが、それはおそらく、宣長の「もののあはれ」論からの応用という面もありそうである。

＊

とはいえ、もちろん藤岡の『源氏物語』論は、「もののあはれ」論の模倣ではない。「第十二章　源氏物語（五）――その評論」では、いよいよ藤岡自身の『源氏物語』観が示されるのである。

当代の社会を活写せるものなれば、すなはち源氏は好箇の写実小説と称すべきに似たり。しかれども余輩がこの書を読むや、得るところは平安貴族の生活を知るに止まらず、通篇至るところ、別に囁きの聞ゆるあり。著者は表に現在の社会を描写して、裏に自家の理想を含蓄せしむ。源氏物語はたしかに一の理想小説なり。

（五〇〇頁／2・一五三頁）

藤岡は、『源氏物語』が「好箇の写実小説」であることをみとめつつ、しかし「たしかに一の理想小説」でもあるという。

そもそも、明治期において『源氏物語』はどういうふうにみられていたか。私たち、現代の研究者は『源氏物語』を「小説」とは呼ばない。しかし、明治期には、坪内雄蔵《ゆうぞう》（逍遙）の『小説神髄』九冊（松月堂、一八八五―八六年）以来、「小説」と呼ばれることが少なくない。そしてまた、三谷邦明が指摘しているように、当時の国文学者たちにとって、『源氏物語』を写実小説とみるか、それとも理想小説とみるか、それら「二つの対照的な概念をどのように組み合わせること」によって「どのように深く理解するか」が課題であった(11)。また、三谷だけでなく河添房江も確認しているように(12)、実は三上参次・高津鍬三郎の『日本文学史 上巻』が、つとに『源氏物語』のことを次のように評していたのであった。

完全なるわが写実流小説の、最も古くして且つ最も巧みなるものなるべし。然れども、式部は、写実より入りて、理想の境に進みたるものなる事を知らざるべからず(13)。

このように、写実小説ではあるものの、それにとどまらず理想小説としてもみとめられるというような三上・高津の評価が、十五年後に刊行された藤岡の『国文学全史 平安朝篇』においても踏襲されているわけで、この点に関していえば、藤岡の論述にあたらしさはないといえるだろう。

しかし、藤岡らしさは、つづく次のような言葉に集約されているだろう。

源氏物語の本意は実に婦人の評論にあり。著者が深く儕輩の態度進止に注意して、みづからその見聞を筆に残せるは、紫式部日記これを証す。著者は観察を積み、考覈を重ね、こゝに一篇偉大の小説を作りて、婦人に対する意見を発表せり。

（五〇一頁／2・一五四頁）

野村精一は、この藤岡による「本意」のとらえ方が、『無名草子』、あるいはまた宗祇《そうぎ》（一四二一―一五〇二）の『雨夜談抄《あまよだんしょう》』に連なる理解であること、さらにはそこから、「戦後源氏学のある部分の主軸となった作中人物論」への「見えざる研究史的脈絡」まで読みとろうとしている。(14) たしかに、学説史としてはそのような繋がりがみとめられる面もありそうではある。

藤岡のいう「婦人の評論」に関して、もう少し具体的にその論述を確認してみよう。

著者は種々の性格を具体的に人物の行為によりて示したるのみならず、直接に草紙地の文のうちにも、または人物の対話をかりても、自己の婦人観を発表せり。雨夜の品定が源氏一篇の総評ともいふべきは論なし、これをはじめとして、所々に評論の散見するは、読者のよく知るところ、玉鬘巻に、源氏が新調の衣服を調へ、その一々の紋様によりて、これを頒たるべき対の方々の容貌を、紫の上の想像するが如き、梅枝巻に、香の合せ様、仮名のかき様によりて、人々の性質を描きわけたるが如きは、顕著にして巧妙なる例なり。その批評において、著者が教ふるところは、妻たるべき心得あり、継母についての訓誡あり、人は心を長くもたざるべからずとし、女は容貌よりも心ばせによりて軽重せらるゝ、ものといふなど一々列挙するの煩に堪へず。かくの如くして、如何ぞ源氏を理想なくして社会の客観的写生を主としたるものとすべけんや。
（五〇二―五〇三頁／2・一五四―一五五頁）

右の傍線部は、たしかに宗祇の『雨夜談抄』に通じるとらえ方である。さらに、『源氏物語』の中から「評論」に相当する箇所が例示されている。この引用の直後では、「源氏写実論を唱ふるもの」からの反論を想定したのち、あらためて「後世の道徳の標準を以て、上代の人物を測ることなかれ」（五〇三頁／2・一五五頁）と戒めている。

この「婦人の評論にあり」という「本意」の論述に対しては、「充分に展開されているとは言えない」(15)との批判もある。たしかにそのとおりではあるのだが、『源氏物語』という虚構作品が「評論」の書でもあることを指摘し、しかも女性をめぐる「評論」ということをうちだしたのは、やはり画期的である。また、ジェンダーをめぐる議論が重ねられている現代において考えるべき問題系にも連なる面がありそうだ。

なお、「婦人の評論」を「本意」ととらえているのは、おそらく、外国文学、特に西欧の小説に精通していたこととも関わるのではないか。今、このことを実証する準備を整えることができておらず、今後の課題としたい。西欧文学・文化に対する藤岡の精通ぶりについては、藤井乙男の「伝記」からも察せられる。藤井は、「毎日可成午前に洋書二時間よむべし、泰西の知識の必要なることはいふにしも及ばず」という、明治三十七年（一九〇四）一月七日の日記の記事を紹介するとともに、藤岡の書架が「国学者としては洋書に富んでゐた」こと、また「文学美術の評論ものを研究上の参考として読む外に、娯楽として西洋小説類を展読して」いたことなどを明かしている。(16)こうした藤岡のあり方については、高木市之助も評価していたところである。(17)

最後に、藤岡の西欧文学に対するあくなき探究心を示唆する絵はがきに言及しておこう。それは、『漱石の愛した絵はがき』において紹介されている。(18) 差出人は、しばしば滞在した大磯からの藤岡作太郎。そして宛先は早稲田南町の夏目金之助(漱石)である。芦ノ湖の写真絵はがきで、明治四十一年(一九〇八)六月三十日に出されている。

拝啓　其後御無沙汰致候　さて突然ながら畔柳君より承候へばセーンベリー《(ママ)》のよりも簡にして要を得たる批評の歴史御所蔵の由右書名及著者一寸御教示にあづかり度右御願のみ　六月三十日

藤岡と夏目金之助とは、ともに東京帝国大学文科大学に勤務していた。いわば同僚であるが、右の文中にみえる「畔柳君」、すなわち英語学者で第一高等学校教授の畔柳芥舟《くろやなぎかいしゅう》(一八七一―一九二三)を介して親しくなっていた。文中の「セーンベリー」は、イギリスの文学史家・批評家ジョージ・セインツベリー(George Edward Bateman Saintsbury, 一八四五―一九三三)のことであろう。このとき、藤岡は数え年で既に三十九歳、『国文学全史 平安朝篇』刊行の三年後、『国文学史講話』刊行の年である。国文学者として充分に名を成してからもなお、西欧の文学・批評に対してつよい関心を寄せていたことをうかがわせる。「批評の歴史」の本についての教示を請うているが、藤岡は、同年に「日本評論史」、さらに翌年には「近世評論史」の講義をそれぞれ担当することになっていた。それに関係する文献ということであろうか。

藤岡の没後、「日本評論史」が刊行されることにはなるものの、それは受講者の講義ノートにもとづくものであり、当人の著述とはいいきれない。藤岡の文学史も、鑑賞的批評も、彼の短すぎる生涯において完成しなかったものが多々ある。何とも惜しいことである。

（1）高木市之助『国文学五十年』（岩波新書、一九六七年）、三九頁。
（2）引用は、藤岡作太郎『国文学全史 平安朝篇』（東京開成館、一九〇五年）に拠り、同書の頁数、東洋文庫版の頁数の両方を示す。
（3）長島弘明「文学史の成立」（長島弘明編『国語国文学研究の成立』放送大学教育振興会、二〇一一年）。
（4）秋山虔「平安朝文学研究の古典『国文学全史 平安朝篇』」（『古典をどう読むか 日本を学ぶための『名著』12章』笠間書院、二〇〇五年〈初出は一九九七年〉）、一四―一五頁。
（5）注（4）、前掲論文、一九頁。
（6）池田亀鑑「源氏物語の組織と構成」（『物語文学Ⅰ 池田亀鑑選集』至文堂、一九六八年）。
（7）芳賀矢一『国文学史十講』（富山房、一八九九年）。その初版本の一一一頁では、まず「前篇四十四帖」および「後篇十帖」とあるが、そのあと同頁で二度にわたり「四十四帖」とあるべきところが「四十帖」となっている（ちなみに、次の一一二頁では「四十四帖」とある）。なお、架蔵の「大正十三年六月十五日　十五版発行」と奥付に記された同書（一一〇頁）では、既に改版がなされているらしく、最初の「前篇四十四帖」までもが「前篇四十帖」となっている。また、昭和十四年（一九三九）刊行の『校註国文学史十講』（冨山房）の九五頁も同様である。
（8）四十四帖の「前篇」と十帖の「後篇」という分け方は定説化していたようで、たとえば本書の第二章でとりあげた永井一孝の講義録『国文学史』（早稲田大学出版部、一九〇四年）、林森太郎『日本文学史』（博文館、一九〇五年）など、『国文学全史 平安朝篇』と同じころに出版されたものにおいても共通している。
（9）陣野英則「「光源氏の物語」としての「匂宮三帖」――「光隠れたまひにしのち」の世界」（『源氏物語の話声と表現世界』勉誠出版、二〇〇四年〈初出は一九九九年〉）。
（10）田村航『一条兼良の学問と室町文化』（勉誠出版、二〇一三年）、前田雅之『書物と権力――中世文化の政治学』（吉川弘文館、二〇一八年)など。
(11) 三谷邦明「明治期の源氏物語研究」(『国文学　解釈と鑑賞』四八-一〇、至文堂、一九八三年七月)。
(12) 河添房江「与謝野源氏の成立をめぐって――『新譯源氏物語』から『新新譯源氏物語』へ」(『源氏物語時空論』東京大学出版会、二〇〇五年〈初出も二〇〇五年〉)。
(13) 三上参次・高津鍬三郎『日本文学史　上巻』(金港堂、一八九〇年)、二六五―二六六頁。
(14) 野村精一「藤岡作太郎――近代国文学の始発」(『国文学　解釈と鑑賞』五七-八、至文堂、一九九二年八月)。
(15) 注(11)、前掲論文。
(16) 藤井乙男「伝記」(藤岡由夫編『藤岡東圃追憶録』自家版、一九六二年〈復刻増補版、初版は一九一二年〉)、一二頁。
(17) 高木市之助「明治の学者像」(『高木市之助全集　第九巻　国文学五十年・遍路残照』講談社、一九七七年〈初出は一九六三年〉)。
(18) 中島国彦・長島裕子編『漱石の愛した絵はがき』(岩波書店、二〇一六年)、六一頁(写真と解説)および一三二頁(翻刻)。

まとめ

「略伝」、ならびに第一章から第三章までの内容をふりかえってみよう。

藤岡作太郎（東圃）の人生は四十年にも満たないが、複数の領域にわたる多数の書籍が刊行されている。彼はたしかに国文学者だが、帝国大学卒業以来、風俗史、絵画史などの本格的な学術書をまとめ、また日本史の概説書・教科書をも執筆した。さらには、国民思想をめぐる研究の萌芽も示している。明治期の国文学者たちにしても、その後の国文学者、日本文学研究者たちにしても、これほど幅広い領域で学術的に高く評価されるような研究を展開した人は、なかなかいないだろう。破格のスケールといってもよい。

本書では、藤岡作太郎の国文学における業績だけでなく、そのスケールの大きさの由来も考えてみたかった。そこで、「略伝」においては、特に三節で学友たちとの交わりをおさえてみることにしたのである。

鈴木貞太郎（大拙）、西田幾多郎（有翼）、金田（山本）良吉（晁水）などといった著名な人々との深い関わりは、後々まで長くつづくこととなるが、とりわけ留意すべきは、明治二十二年（一八八九）に結成された我尊会である。そのメンバーであった金田、また西田らは、薩摩から赴任した校長のもとで実践された武断的な教育方針への反発心から、退学を選択した。「頂天立地自由人」という、独立独行の気概を示すメンバーたちの中で、藤岡も、退学にまでは至らないものの、その気概をある程度は共有していたのだろう。

そしてまた、『我尊会文集』では、互いに遠慮することなく批評しあうような関係を結んでいた。西田は、藤岡が小説を乱読していることを戒めつつも、藤岡の書く「文は其本を和に帰す」というように、彼の特性をとらえていた。「和漢」のうち、とりわけ「和」に長じていることは、その後の学者としての特徴にも通じるだろう。

＊

「第一章　「文明史」を志向する」では、先駆的といえる『日本風俗史』（共著）、また初版から八十年以上が経過してもなお第一線の研究書として通用していた『近世絵画史』などをはじめとして、その著述が幅広い領域にわたることについて検討した。学際的な志向をつよくもっていた藤岡は、文学史をあつかう上でも、それが「文明史」の一部であるということを明確に意識していた。また、彼は「我国の文藝に現はれたる国民思想の変遷」と題する講演の覚書らしき文章も遺している。

藤岡のもちえた思想性について、筆者はとりわけ関心をもった。同時代の国文学者たちがもちあわせていないような思想的性質は、『国文学史講話』などにかいまみえるようだ。それはどのように醸成されたのか。もしかすると、盟友にして哲学者たる西田幾多郎との交友関係が影響しているのではないか――そうした予感を抱きつつ、たとえば藤岡から謹呈された『近世絵画史』に対して西田が書簡で示した見解を確認すると、果たしてその評はかなり手厳しいものであった。そして、西田が藤岡の「絵画史」に欠けていると指摘した点は、端的にいえば、個々の「画家の思想」、そしてそれらの展開をとらえることであった。

つづいて検討したのは、明治四十一年（一九〇八）に刊行された『国文学史講話』における叙述と、西田幾多郎の『善の研究』（一九一一年）刊行に至るまでの草稿、あるいは雑誌掲載論文との関わりについてであった。『国文学史講話』の一部において、特に自然との関わり方についての叙述などが、西田の「純粋経験」、また「実在論」と共鳴しあう部分をふくむようにみえるのは、単なる偶然にすぎないのか。

『国文学史講話』は、脇本十九郎の協力により口述筆記でまとめられたのだが、「李花亭日記」によれば、脇本が頻繁に藤岡邸を訪ね始めた明治四十年二月には、『善の研究』「第二編　実在」の礎稿となった講義原稿の印刷物が、藤岡にも郵送されていたのである。

さらに、同年八月一日から金沢に帰省した藤岡は、その日から八月半ばまで、当時第四高等学校で教鞭を執っていた西田と頻繁に会っていた。そして、そのさなかの八月十一日の日記(欄外)には、『国文学史講話』「総論」、およびそこにふくまれる二つの章の題目案が記されているのである。西田との懇談の内容を確認することはできないが、可能性としては、西田との会話の中で何らかの(「実在論」に関わるような)やりとりがあって、それが『国文学史講話』の一部にも反映している可能性があるようにおもわれる。

＊

「第二章　「文学史」を構想する」では、まず明治期の国文学の実態を探った。明治期前半は、学制の転変がつづき、国文学科が安定するまでの曲折も甚だしかったが、それらについて概観するとともに、「帝国大学令」第一条にあるように、「国家ノ須要ニ応スル学術技藝」の「教授」、ならびに「其蘊奥ヲ攷究スル」ことが帝国大学の「目的」であったということを確認した。

次いで、「文学」という概念も、とりわけ明治期にはゆらぎつづけていたことをおさえた。藤岡が帝国大学に入学した明治期の中盤になっても、なお「文学」は狭義の言語藝術を意味する概念として定着していたわけではなかったのである。ただし、相次いで文学史に関する書籍が刊行された明治二十三年(一八九〇)あたりを画期として、あらたな「文学史」濫造の時代となる。数多くの文学史の本が出版される中で、藤岡の『国文学全史 平安朝篇』と『国文学史講話』の評価は、当時からきわめて高かった。さらに、国文学者たちを毛嫌いしていた与謝野晶子が、藤岡の文学史だけは別格と位置づけていたことも留意される。

『国文学全史 平安朝篇』は何がすぐれていたのか。他に比べて詳細であること、個々の作品を自らが読み解いた成果にもとづいていること、流麗な文語文による叙述であることなど、さまざまな魅力があげられようが、特に以下の二点が特筆されるだろう。

一つめとしては、東京帝国大学に着任する直前まで京都に滞在していた経験を活かし、芳賀矢一がそれまで担当していた上代文学史の講義のあとを襲うことができたというタイミングの良さがある。当時、彼ほど平安朝の文学史を講ずるのに適した人はいなかっただろう。

二つめは、より本質的なことである。日清戦争の勝利からさらに日露戦争へ、という時代の中で、藤岡は同書の「総論」、「第一章　上古と近世」において、ひとまず「武士道の今日における功果は甚だ大なり」と述べるものの、武士道だけでは「わが国民の特色を網羅し得」ないとする。そして、「江戸時代は男子的なり、平安朝は女子的なり」と断じ、日本の「文学」における女性とのつよい結びつき、またその女性的な性質を明確にうちだしたのである。

つづいて、先輩である芳賀矢一の動向にも留意しつつ、「国民性」をめぐる論とナショナリズムとの関係をおさえた。芳賀の『国民性十論』の刊行は明治四十年(一九〇七)十二月、また藤岡の『国文学史講話』の刊行はその翌年三月である。のち、昭和十年代に芳賀の著書は「冨山房百科文庫」として、また藤岡の著書は「改造文庫」としてそれぞれ刊行され、広く読まれることとなった。「平安朝は女子的なり」と断ずる藤岡、武断的な世界とも国粋主義などとも一線を画していたようにみえた藤岡ですら、『国文学史講話』ではナショナリズムの方へと寄せられているのである。

*

「第三章　鑑賞的批評の確立」では、まず「平安朝の一人」になって文学作品を読んでゆこうとする藤岡の態度、その文学史叙述の特性と、ある種の限界について確認した。その「鑑賞的批評」とでも呼ぶべきスタイルは、現代における文学研究の標準からはかけ離れているものの、特に『国文学全史 平安朝篇』の、『源氏物語』をとりあげた五つの章を中心にみてゆくと、物語の構成の把握も、また注釈史・研究史のおさえ方などもきわめて周到になされており、学術的な意義は大きい。注釈史に関しては、室町時代までの古注釈について何ら進歩がないとこき下ろす点など、あまりに皮相的ではあろうが、江戸時代の注釈・批評の整理などは今日でも通用するだろう。

また、「準拠」という言葉を現代よりも広義にとらえる藤岡の論は、実質的に引用全般をあつかい、さらには『源氏物語』の「本意」にまで迫ってゆくものになっているが、特にその引用をめぐる検討はかなり手薄といわざるをえない。一方、『源氏物語』の「本意」に関する議論の整理は、儒教と仏教の考え方を排してゆく本居宣長の「もののあはれ」論に近いものがあるが、その模倣にはとどまらない。藤岡は、『源氏物語』が写実小説にして、実は理想小説でもあるという見方を示しつつ、特に『源氏物語』の「本意」は「婦人の評論にあり」と述べている。

最後に、藤岡の西欧文学・文化に対するあくなき探究心についても言及した。

藤岡作太郎が活躍したのは、ちょうど日清・日露の両戦争の時代であった。第四高等中学校で西田幾多郎、金田（山本）良吉の如き進歩的な仲間と切磋した藤岡でさえ、戦争のつづいた時代のナショナリズムにのみこまれるような面があったことは、国文学、日本文学研究の危うさとして、今日の私たちもよく承知しておかねばなるまい。さらに、ここまで言及してこなかったが、藤岡が批判を受けるであろう問題点はほかにもある。平安時代の文学に限ってみても、たとえば漢詩文、また『古今集』、紀貫之といった、今日の研究で重視されているジャンル、歌集、作者などを軽視する傾向は、当然、そのまま容認しがたいだろう。

一方で、彼が「女子的」といいきる「平安朝」の文学の世界については、その柔弱さ、淫靡なあり方を肯定しきれない学者たちばかりの中で、藤岡は見事に、すっきりと肯定した。その先進性は特筆されるべきであろう。

＊

ここで、第一章、三節の「3　自然への「愛」という理解」において紹介した李花亭文庫蔵の芳賀矢一『国民性十論』に藤岡が書き込んだコメントをあえて想起したい。「紳士といはれる人々の間」でも「下がゝつた滑稽」に興じることが実際にはあるという芳賀の叙述に対して、藤岡が「これは御自分のことてはないか」と書き入れていた一件である。先に筆者は、「おもわず吹き出してしまう」と記した。しかし、よくよく考えてみると、これはきわめて示唆的なコメントではないだろうか。

芳賀については、「酒の上の奇行で名高い」(1)などとも伝えられているが、おそらく芳賀個人のそうした癖をおもしろがって済む話ではないようにおもわれる。

一方、藤岡という人物の性格については、さまざまな証言が伝えられているのだが、ここで特に想起しておきたいのは、藤岡家の中に入り、藤岡当人とその子どもたちのそばでさまざまな関わりをもった脇本十九郎が、『藤岡東圃追憶録』の復刻増補版に寄稿した文章に記している思い出である。それは、孫引きを一切しない藤岡が「引用の箇所が稀書のばあい、わざわざ人力車にのつて、東大の図書館まででかけて校正」するという、彼の「習慣」に言及した直後の一節である。

人力車で思いだすのは、先生の人に接せられる態度で、同輩以上の先輩に対する儀礼も、車夫に対する儀礼もほとんどかわりがなかつた。礼はいつも両手を膝上において頭をさげられる。言葉も、車夫に対しても「あーそうですか」という調子で、ていねいであつた。(2)

現代であれば、さほど珍しい話ではないかもしれない。だが、今から百十年以上も前のことである。帝国大学の教授、助教授たちの中で、あるいはほかの諸々の分野においてそれなりの地位を得た男性たちで、藤岡と同じようにふるまうことのできた者は、はたしてどれほどいたのだろうか。おそらく、相当に稀ではなかったか。だからこそ脇本は、誰に対しても等しく「ていねい」にふるまう藤岡の姿が、五十年以上経過してもなお忘れられないのだろう。藤岡作太郎は、明治の男性たちの当たり前の様子から遠く離れたところにいる。

明治という時代の帝国大学、それは現代の大学・大学院とはまるで違い、学者、大学教員、学生のすべてが男性であった。典型的なホモソーシャルの中で、藤岡という人は、おそらくそういう社会から突き抜けてゆく感性、資質、そして知見をそなえていたのではないだろうか。さらに、そういう感性、資質、知見によって、藤岡による文学史は、明治のあの時代にあっても、男性側の価値観から解放されえたのでもあるのだろうとおもわれる。

（1）伊藤正雄「私の見た藤村作先生——大正・昭和前期国文学界の実力者」（『新版忘れ得ぬ国文学者たち——并、憶い出の明治大正』右文書院、二〇〇一年）、一二九頁。

（2）脇本十九郎「家庭の東圃先生」（藤岡由夫編『藤岡東圃追憶録』自家版、一九六二年〈復刻増補版〉）、一四四頁。

主要参考文献

青木茂編『明治日本画史料』(中央公論美術出版、一九九一年)
秋山虔『古典をどう読むか　日本を学ぶための『名著』12章』(笠間書院、二〇〇五年)
池田亀鑑『物語文学Ⅰ　池田亀鑑選集』(至文堂、一九六八年)
伊藤正雄『新版忘れ得ぬ国文学者たち――并、憶い出の明治大正』(右文書院、二〇〇一年)
上田久『山本良吉先生伝――私立七年制武蔵高等学校の創成者』(南窓社、一九九三年)
上田正行「『我尊会文集』に見る若き日の藤岡東圃」(『國學院雑誌』一一一―二、國學院大學、二〇一〇年二月)
大久保純一郎「漱石と藤岡作太郎」(『英語文学世界』七―一・二、英潮社、一九七二年四・五月)
大橋良介『西田幾多郎――本当の日本はこれからと存じます』(ミネルヴァ書房、二〇一三年)
岡一男「明治における文学史研究――藤岡作太郎博士から五十嵐力博士へ」(『国語と国文学』四二―一〇、東京大学国語国文学会、一九六五年十月)
風巻景次郎「芳賀矢一と藤岡作太郎――黎明期の民族の発見」(『文学』二三―一一、岩波書店、一九五五年十一月)
柄谷行人『〈戦前〉の思考』(文藝春秋、一九九四年)
河添房江『源氏物語時空論』(東京大学出版会、二〇〇五年)
河添房江「藤岡作太郎・国文学全史の構想」(『東京学芸大学紀要　人文社会科学系Ⅰ』六八、東京学芸大学学術情報委員会、二〇一七年一月)

神野藤昭夫「近代国文学の成立」（酒井敏・原國人編『森鷗外論集 歴史に聞く』新典社、二〇〇〇年）
神野藤昭夫「始発期の近代国文学と与謝野晶子の『源氏物語』訳業」（『中古文学』九二、中古文学会、二〇一三年十一月）
木越治「藤岡作太郎と上田秋成・序説」（『国文学論集』四四、上智大学国文学会、二〇一一年一月）
木越治「国文学的日常――明治の国文学者藤岡作太郎の日記から」（『上智大学 国文学科紀要』二九、上智大学文学部国文学科、二〇一二年三月）
国語と国文学編輯部編『国語と国文学』〈特輯 藤岡博士と国文学〉一七 - 四（至文堂、一九四〇年四月）
近藤潤一「芳賀矢一と藤岡作太郎」（『国文学 解釈と教材の研究』一四 - 一、学燈社、一九六九年一月）
笹沼俊暁「アジアの中の人文学」（中野目徹編『近代日本の思想をさぐる 研究のための15の視角』吉川弘文館、二〇一八年）
清水正之「文献学・解釈学・現象学――哲学と思想史研究の間」（『中央大学文学部紀要 哲学』五八、中央大学文学部、二〇一六年二月）
昭和女子大学近代文学研究室『近代文学研究叢書 第十一巻』（昭和女子大学近代文化研究所、一九五九年）
陣野英則『源氏物語の話声と表現世界』（勉誠出版、二〇〇四年）
陣野英則「明治期の「文学」研究とアカデミズム――国文学を中心に」（甚野尚志・河野貴美子・陣野英則編『近代人文学はいかに形成されたか 学知・翻訳・蔵書』勉誠出版、二〇一九年）
陣野英則「学問と「文学」――明治期の「文学」史」（河野貴美子・Wiebke DENECKE・新川登亀男・陣野英則編『日本「文」学史 第三冊 「文」から「文学」へ――東アジアの文学を見直す』勉誠出版、二〇一九年）
杉山和也「国文学研究史の再検討――『今昔物語集』〈再発見〉の問題を中心に」（『説話文学研究』五一、説話文学会、

二〇一六年八月）
杉山和也「高木敏雄の〈文献学《フィロロギー》〉――近代日本に於ける〈文献学《フィロロギー》〉受容の一側面」（『日本文学』六六－二、日本文学協会、二〇一七年二月）
鈴木健一『近代「国文学」の肖像 第3巻　佐佐木信綱 本文の構築』（岩波書店、二〇二一年）
鈴木貞美『日本の「文学」概念』（作品社、一九九八年）
鈴木貞美『生命観の探究――重層する危機のなかで』（作品社、二〇〇七年）
鈴木貞美『「日本文学」の成立』（作品社、二〇〇九年）
鈴木貞美『近代の超克――その戦前・戦中・戦後』（作品社、二〇一五年）
鈴木貞美「自然環境と心＝身問題のために――概念操作研究の勧め」（伊東貴之編『「心身／身心」と環境の哲学――東アジアの伝統思想を媒介に考える』汲古書院、二〇一六年）
鈴木貞美『日本人の自然観』（作品社、二〇一八年）
鈴木登美「ジャンル・ジェンダー・文学史記述――「女流日記文学」の構築を中心に」（ハルオ・シラネ・鈴木登美編『創造された古典――カノン形成・国民国家・日本文学』新曜社、一九九九年）
諏訪春雄『国文学の百年』（勉誠出版、二〇一四年）
関　礼子『一葉以後の女性表現　文体・メディア・ジェンダー』（翰林書房、二〇〇三年）
田岡嶺雲「『日本風俗史』」（『青年文』一－二、少年園、一八九五年三月）
高木市之助『国文学五十年』（岩波新書、一九六七年）
高木市之助『高木市之助全集　第九巻　国文学五十年・遍路残照』（講談社、一九七七年）
高田里恵子『文学部をめぐる病――教養主義・ナチス・旧制高校』（松籟社、二〇〇一年）

田口卯吉『日本開化小史』〈改造文庫〉(改造社、一九二九年)
田村　航『一条兼良の学問と室町文化』(勉誠出版、二〇一三年)
千葉真也「国文学史の誕生」(『近代化と学問　総合センター報告書』相愛大学総合研究センター、二〇一六年)
帝国博物館編『日本帝国美術略史稿』(農商務省、一九〇一年)
土居光知「「文学序説」を出すまで」(『英語青年』一〇七-五、英語青年社、一九六一年五月)
東京大学大学院人文社会系研究科『東京大学草創期とその周辺　2014-2018年度多分野交流演習「東京大学草創期の授業再現」報告集』(東京大学大学院人文社会系研究科、二〇一九年)
東京大学百年史編集委員会編『東京大学百年史――部局史　一』(東京大学出版会、一九八六年)
永井一孝講述『国文学史　早稲田大学四十三年度文学科講義録』(早稲田大学出版部、一九一〇年)
中島国彦・長島裕子編『漱石の愛した絵はがき』(岩波書店、二〇一六年)
長島弘明編『国語国文学研究の成立』放送大学教育振興会、二〇一一年)
西田幾多郎「実在に就いて」(『哲学雑誌』二二一-二四一、哲学会、一九〇七年三月)
西田幾多郎『西田幾多郎全集　第一巻』(岩波書店、二〇〇三年)
西田幾多郎『西田幾多郎全集　第十巻』(岩波書店、二〇〇四年)
西田幾多郎『西田幾多郎全集　第十一巻』(岩波書店、二〇〇五年)
西田幾多郎『西田幾多郎全集　第十九巻』(岩波書店、二〇〇六年)
野村精一「藤岡東圃の初期(一)――「李花亭抄録」について」(『山梨大学教育学部研究報告』二一、山梨大学教育学部、一九七一年三月)
野村精一「藤岡東圃の初期(二)――「我尊会文集」に就て」(『山梨大学教育学部研究報告』二二、山梨大学教育学部、

一九七二年二月）
野村精一「藤岡東圃の初期(三)――「明治餘滴」そのほか」（『山梨大学教育学部研究報告』二三、山梨大学教育学部、一九七三年二月）
野村精一「藤岡東圃の初期(四)――日清戦争と新聞小説」（『山梨大学教育学部研究報告』二四、山梨大学教育学部、一九七四年二月）
野村精一「藤岡東圃の初期(五)――〝歴史的小説〟論とその周辺」（『山梨大学教育学部研究報告』二五、山梨大学教育学部、一九七五年二月）
野村精一「藤岡東圃の初期(六)――その家系について㈠」（『山梨大学教育学部研究報告』二六、山梨大学教育学部、一九七五年十二月）
野村精一「藤岡東圃の初期(七)――その家系について㈡」（『山梨大学教育学部研究報告』二七、山梨大学教育学部、一九七六年十二月）
野村精一「藤岡東圃の初期(八)――その家系について㈢」（『山梨大学教育学部研究報告』二八、山梨大学教育学部、一九七七年十二月）
野村精一「藤岡東圃の初期(九)――その家系について㈣」（『山梨大学教育学部研究報告』二九、山梨大学教育学部、一九七八年十二月）
野村精一『日本文学研究史論』（笠間書院、一九八三年）
野村精一「藤岡東圃の初期(十)」（『山梨大学教育学部研究報告』三五、山梨大学教育学部、一九八四年十二月）
野村精一「藤岡作太郎――近代国文学の始発」（『国文学　解釈と鑑賞』五七－八、至文堂、一九九二年八月）
芳賀矢一『国文学史十講』（富山房、一八九九年）

芳賀矢一『国民性十論』(冨山房、一九〇七年)
芳賀矢一選集編集委員会編『芳賀矢一選集 第一巻 国学編』(國學院大學、一九八二年)
久松潜一「藤岡東圃の学問」(『文学』一一‐三、岩波書店、一九四三年三月)
平山洋『西田哲学の再構築——その成立過程と比較思想』(ミネルヴァ書房、一九九七年)
藤岡由夫編『藤岡東圃追憶録』(自家版、一九六二年〈復刻増補版〉)
藤田大誠『近代国学の研究』(弘文堂、二〇〇七年)
藤田正勝『人間・西田幾多郎——未完の哲学』(岩波書店、二〇二〇年)
ふるさと偉人絵本館編集委員会編、かつおきんや文、かみでしんや絵、上田正行解説、金沢市立ふるさと偉人館監修『がんばりやの作太郎——古典文学研究の開拓者』〈ふるさと偉人絵本館②〉(北国新聞社、二〇〇六年)
前田雅之「「国文学」の明治二十三年——国学・国文学・井上毅」(前田雅之・青山英正・上原麻有子編『幕末明治 移行期の思想と文化』勉誠出版、二〇一六年)
前田雅之『書物と権力——中世文化の政治学』(吉川弘文館、二〇一八年)
松田章一「今川覚神と藤岡作太郎——明治二十八・九年の動静」(『金沢学院短期大学紀要「学葉」』四五、金沢学院短期大学、二〇〇四年三月)
丸山久美子『双頭の鷲——北条時敬《ときゆき》の生涯』(工作舎、二〇一八年)
三上参次・高津鍬三郎『日本文学史』上・下巻(金港堂、一八九〇年)
三谷邦明「明治期の源氏物語研究」(『国文学 解釈と鑑賞』四八‐一〇、至文堂、一九八三年七月)
村角紀子「〈研究ノート〉藤岡作太郎の美術研究活動——明治三十五年、須賀川、亜欧堂田善」(『MUSEUM 東京国立博物館研究誌』六一五、東京国立博物館、二〇〇八年八月)

山田俊治「福地源一郎の「文」学」(河野貴美子・Wiebke DENECKE編『アジア遊学162 日本における「文」と「ブンガク《bungaku》」』勉誠出版、二〇一三年)
与謝野晶子「出版月評」(『明星』巳歳一一、東京新詩社、一九〇五年十一月)
和田繁二郎『近代文学創成期の研究――リアリズムの生成』(桜楓社、一九七三年)

＊

藤岡作太郎・平出鏗二郎『日本風俗史』上・中・下編(東陽堂、一八九五年)
〔覆刻〕芳賀登監修・解説『日本風俗叢書 日本風俗史(全)』(日本図書センター、一九八三年)
藤岡作太郎『国史綱』前・後編(錦光館、一八九六年)
藤岡作太郎・石田鼎一『日本史教科書』(三木佐助、一八九九年)
藤岡作太郎『日本文学史教科書』(開成館、一九〇一年)
藤岡作太郎『日本文学史教科書備考』(開成館、一九〇二年)
藤岡作太郎『日本史教科書』(開成館、一九〇二年)
藤岡作太郎『近世絵画史』(金港堂書籍、一九〇三年)
〔改版〕『近世絵画史』〈日本文化名著選〉(創元社、一九四一年)
〔改版〕『近世絵画史』〈日本芸術名著選〉(ぺりかん社、一九八三年)
藤岡作太郎『新体日本文学史教科書』(東京開成館、一九〇四年)
藤岡作太郎『国文学全史 平安朝篇』(東京開成館、一九〇五年)
〔改版〕『国文学全史 平安朝篇』(岩波書店、一九二三年)
〔改版〕秋山虔・篠原昭二・小町谷照彦校注『国文学全史 平安朝篇』1・2〈東洋文庫〉(平凡社、一九七一・七四年)

〔改版〕杉山とみ子訳注『国文学全史 平安朝篇』㈠—㈣〈講談社学術文庫〉（講談社、一九七七年）
藤岡作太郎『異本山家集 附録西行論』（本郷書院、一九〇六年）
藤岡作太郎『国文学史講話』（東京開成館、一九〇八年）
〔改版〕『国文学史講話』（岩波書店、一九二二年）
〔改版〕『国文学史講話』〈改造文庫〉（改造社、一九四〇年）
藤岡作太郎『松雲公小伝』（高木亥三郎、一九〇九年）

＊

藤岡作太郎、芳賀矢一・藤井乙男編『東圃遺稿 巻一』（大倉書店、一九一一年）
藤岡作太郎、芳賀矢一・藤井乙男編『東圃遺稿 巻二』（大倉書店、一九一二年）
藤岡作太郎、芳賀矢一・藤井乙男編『鎌倉室町時代文学史 東圃遺稿 巻三』（大倉書店、一九一五年）
藤岡作太郎、芳賀矢一・藤井乙男編『近代小説史 東圃遺稿 巻四』（大倉書店、一九一七年）
藤岡作太郎『国文学史講話 藤岡作太郎著作集 第一冊』（岩波書店、一九四六年）
藤岡作太郎『鎌倉室町時代文学史 藤岡作太郎著作集 第二冊』（岩波書店、一九四九年）
藤岡作太郎『日本評論史 藤岡作太郎博士著作集 第三冊』（岩波書店、一九五〇年）
藤岡作太郎『近代小説史 藤岡作太郎博士著作集 第四冊』（岩波書店、一九五五年）
久松潜一編『明治文学全集44 落合直文 上田萬年 芳賀矢一 藤岡作太郎集』（筑摩書房、一九六八年）

＊

上田正行「【翻刻】『我尊会文集 第一』（藤岡作太郎）」（『金沢大学文学部論集 言語・文学篇』二八、二〇〇八年三月）
上田正行「【翻刻】『我尊会文集 第一』（藤岡作太郎 続）」（『金沢大学歴史言語文化学系論集 言語・文学篇』一、二

〇〇九年三月）
村角紀子編『藤岡作太郎「李花亭日記」美術篇』（中央公論美術出版、二〇一九年）
猪俣武三・木原奈緒美・高沢紀美子・竹多久美子・殿畑外義・中村清子・宮崎明倫・小塩禎・木越治翻刻「藤岡作太郎日記 明治三十八年一月—十一月」（『市民大学院論文集 第三号 別冊』金沢大学市民大学院、二〇〇八年）
猪俣武三・小塩禎・木原奈緒美・竹多久美子・中村清子・林秀俊・三浦純夫・宮崎明倫・木越治翻刻「藤岡作太郎日記 明治三十九年分」（『市民大学院論文集 第四号 別冊』金沢大学市民大学院、二〇〇九年）
猪俣武三・木原奈緒美・小塩禎・竹多久美子・中村清子・林秀俊・宮崎明倫・木越治翻刻「藤岡作太郎日記 明治四十年」（『市民大学院論文集 第五号 別冊』金沢大学市民大学院、二〇一〇年）
木越治・猪俣武三・木原奈緒美・小塩禎・中村清子・橋本治・林秀俊・宮崎明倫翻刻「藤岡作太郎日記 明治四十一年」（『藤岡作太郎日記 平成二十二年度科学研究費補助金基盤研究（C）研究成果報告書』木越治、二〇一一年）
木越治・猪俣武三・木原奈緒美・小塩禎・中村清子・橋本治・林秀俊・宮崎明倫翻刻「藤岡作太郎日記 明治四十二年・四十三年」（『藤岡作太郎日記 平成二十三年度科学研究費補助金基盤研究（C）研究成果報告書』木越治、二〇一二年）

＊

石川県立図書館編『李花亭文庫目録』（石川県立図書館、一九八〇年）
木越治「自筆李花亭蔵書目録——藤岡作太郎の自己形成・その一」（『上智大学 国文学科紀要』三〇、上智大学国文学科、二〇一三年三月）

略年譜

明治三年（一八七〇）　一歳（年齢は数え年）

七月十九日（グレゴリオ暦八月十五日）　加賀金沢早道町《はやみちまち》八十番地に、足軽の父通学《みちたか》、母そとの長男として生まれる。姉に養女やすがいた。

明治九年（一八七六）　七歳

春　早道町内の小関成安《おぜきなりやす》の私塾（小関私学）に入門する。

明治十一年（一八七八）　九歳

二月　祖母まつが死去する（享年八十歳）。

四月　竪町小学校に入学。なお、ひきつづき小関私学にも通う。

明治十三年（一八八〇）　十一歳

十二月　淳正小学校（同年三月に竪町小学校から改称）を卒業する。

明治十四年（一八八一）　十二歳

三月　金沢区高等小学校に入学する。

十二月　弟幸二が生まれる。

明治十六年（一八八三）　十四歳

三月　精練小学校中等科（明治十五年七月に金沢区高等小学校から改称）を卒業する。

九月　石川県専門学校附属初等中学科第七級に転入する。同級生に鈴木貞太郎《ていたろう》(大拙)、金田良吉(のち山本に改姓)がいた。

明治十八年(一八八五)　十六歳

八月　父通学が死去する(享年六十歳)。

明治二十年(一八八七)　十八歳

二月　石川県専門学校附属初等中学科を卒業する。

七月　石川県専門学校を母体として新設された第四《だいし》高等中学校(のちの第四高等学校)の予科三年に入学する。同級生に鈴木、金田のほか、西田幾多郎などがいた。

明治二十一年(一八八八)　十九歳

九月　第四高等中学校本科に進学する。

明治二十二年(一八八九)　二十歳

五月　西田、金田、川越宗孝、松本文三郎などと「我尊会《がそんかい》」を結成し、回覧誌『我尊会文集』で互いに批評しあう。

明治二十三年(一八九〇)　二十一歳

七月　第四高等中学校本科一部文科を卒業する。その後、一年の休養期間をとる。

明治二十四年(一八九一)　二十二歳

九月　帝国大学(のちの東京帝国大学)文科大学国文学科に入学する。同級生に藤井乙男《おとお》(紫影《しえい》)などがいた。選科には、のちに共著者となる平出《ひらで》鏗二郎《こうじろう》も在籍した。

明治二十六年(一八九三)　二十四歳

八月　『北国新聞』の創刊から、三回にわたり「小説管見」を発表する。
明治二十七年（一八九四）　二十五歳
七月　帝国大学文科大学国文学科を卒業する。
九月から十月　小説「薄曇月橋物語」を『北国新聞』に連載する。さらに翌年にかけて、同紙に小説「この春」「いろ奴《やっこ》」、翻案小説「われから草紙」を連載する。
明治二十八年（一八九五）　二十六歳
二月　平出鏗二郎との共著『日本風俗史』上編（東陽堂）刊行。
四月　大阪府第一中学校の嘱託教員となり、英語と国語を担当する。
十月　京都の真宗大谷派第一中学寮の教授となり、あわせて同大学寮嘱託を兼ねる。英語・国語・国史を担当する（翌年、中学寮と大学寮はそれぞれ真宗京都中学、真宗大学に改称）。
十一月　平出鏗二郎との共著『日本風俗史』中・下編（東陽堂）刊行。
明治二十九年（一八九六）　二十七歳
四月　編著『国史綱』前編（錦光館）刊行。
六月　編著『国史綱』後編（錦光館）刊行。
明治三十年（一八九七）　二十八歳
九月　第三高等学校の教授となり、国語と英語を担当する。
明治三十一年（一八九八）　二十九歳
十二月四日　死去の前日までつづく日記（「李花亭日記」）の執筆が始まる。
十二月二十六日　金沢の吉田惟清の長女辰巳と結婚する。

明治三十二年(一八九九)　三十歳

二月　石田鼎一との共著『日本史教科書』(三木佐助)刊行(扉に記された書名は『新編日本史教科書』)。

十二月二十三日　長女光が生まれる。

明治三十三年(一九〇〇)　三十一歳

九月　芳賀矢一のドイツ留学に伴う補充人事により、東京帝国大学文科大学国文学科の助教授となる。単身、東京に移転する。

九月より　「平安朝文学史」「徳川時代絵画史」を講義する。

明治三十四年(一九〇一)　三十二歳

二月　家族を京都から東京に呼び寄せ、本郷区丸山新町二番地に住む。

九月　『日本文学史教科書』(開成館)刊行。

九月より　「国学史」「平安朝文学史」「徳川時代絵画史」を講義する。

明治三十五年(一九〇二)　三十三歳

一月　『日本文学史教科書備考』(開成館)刊行。

九月より　「平安朝文学史」「国文学通史」を講義する。

十一月　『日本史教科書』(開成館)刊行。

明治三十六年(一九〇三)　三十四歳

三月六日　長男由夫が生まれる。

六月　『近世絵画史』(金港堂書籍)刊行。

七月　校訂者として『今昔物語選』〈袖珍名著文庫巻の五〉(富山房)刊行。

九月　校訂者として『俳諧水滸伝』〈袖珍名著文庫巻の十一〉（富山房）刊行。

九月より「平安朝文学史」「鎌倉文学史総論」を講義する。また、早稲田大学高等師範科に講師として出講する。

十月　肺炎のため、東京帝国大学附属病院に十一月まで入院する。

明治三十七年（一九〇四）　三十五歳
五月　本郷区駒込西片町十番地に移転する。

七月『新体日本文学史教科書』（東京開成館）刊行。

九月より「日本近代小説史」「国文学史大綱」を講義する。

明治三十八年（一九〇五）　三十六歳
九月より「近代小説史」「国文学と風俗」を講義する。

十月『国文学全史　平安朝篇』（東京開成館）刊行。

十二月　東京帝国大学より、文学博士の学位を授与される。

明治三十九年（一九〇六）　三十七歳
二月二日　次女綾が生まれる。

八月五日　長女光がジフテリアのため死去する（享年八歳）。

九月より「鎌倉室町時代文学史」「京伝以後の小説」を講義する。

十月『異本山家集　附録西行論』（本郷書院）刊行。

明治四十年（一九〇七）　三十八歳
三月　校訂者として『春雨物語』〈袖珍名著文庫巻二十八〉（富山房）刊行。

八月　文部省美術展覧会美術審査委員会第一部（日本画）の審査委員に任じられる。

九月より「鎌倉室町時代小説史」「国学史概要」「江戸末期の小説」を講義する。
明治四十一年(一九〇八) 三十九歳
三月『国文学史講話』(東京開成館)刊行。
七月三十一日 次男通夫が生まれる。
九月より「鎌倉室町時代小説史」「近代小説史」「日本評論史」を講義する。
十月 編著『新体国語教本』十巻(開成館)刊行。
秋 文部省美術展覧会美術審査委員会第二部(洋画)の審査委員を兼ねる。
明治四十二年(一九〇九) 四十歳
九月『松雲公小伝』(高木亥三郎)刊行。
九月より「室町時代文学史」「近世評論史」を講義する。
明治四十三年(一九一〇) 四十一歳
二月三日 肺炎、そののち心臓麻痺のため死去する。

参考文献

芳賀矢一・藤井乙男編「年譜」(『東圃遺稿 巻二』大倉書店、一九一一年)
久松潜一編「藤岡作太郎」(『明治文学全集44 落合直文 上田萬年 芳賀矢一 藤岡作太郎集』筑摩書房、一九六八年)
河添房江「藤岡作太郎・国文学全史の構想」(『東京学芸大学紀要 人文社会科学系Ⅰ』六八、東京学芸大学学術情報委員会、二〇一七年一月)
村角紀子編「年譜」(『藤岡作太郎「李花亭日記」美術篇』中央公論美術出版、二〇一九年)

図版出典一覧

図1　上田閑照『西田幾多郎とは誰か』（岩波現代文庫、二〇〇二年）
図2　『西田幾多郎の世界』（西田幾多郎記念哲学館、二〇〇四年）
図3　藤田正勝『人間・西田幾多郎——未完の哲学』（岩波書店、二〇二〇年）
図4　藤岡作太郎『国文学史講話』（東京開成館、一九〇八年）
図5　村角紀子編『藤岡作太郎「李花亭日記」美術篇』（中央公論美術出版、二〇一九年）

後記

藤岡作太郎という明治時代の学者は、筆者にとって大学院生のころから少し気になる存在ではあった。東洋文庫の『国文学全史　平安朝篇』（平凡社）にふれたとき、まずはその文語文に何とも時代がかったものを感じつつ、いつか正面から向きあう必要があるように直感されたのである。とはいえ、それから長い間、藤岡があの鈴木大拙、西田幾多郎たちと同級生で、しかも親しい関係を持続していたということすら知らずに過ごしていた。

この「近代「国文学」の肖像」シリーズへのお誘いを受けたことで、実質的には初めて藤岡のことを調べはじめた。それから数年の間、別の仕事に時間をとられることも多く、なかなかおもうようにすすめられなかったが、文字通りの小著をまとめた今、「国文学」の世界にあって、この人が突き抜けたものをもっていることは間違いないと確信するに至った。そこには、彼自身の資質も大きく関わるだろう。他方において、学友たち、特に西田幾多郎との親密な関係も無縁ではないことがみえてきた。「国文学」という学問領域において、半世紀以上にわたって通用するようなフォーマットづくりに貢献したともいいうる藤岡の思考において、西田哲学のエッセンスが入り込んでいる可能性については、さらにまた別の角度からも光を当ててみたいと考えている。

江戸時代後期から明治の前半あたりまでは、学問の諸領域が細分化されてゆく以前であった。しかし、しばしばいわれてきたように、明治二十三年（一八九〇）を境にして状況は大きく変わり、「国文学」という枠の中でのやりとりが学術的な活動の中心となってゆく。そうした中にあって、藤岡の射程範囲はきわめてひろい。それにもかかわらず、本書において、特に文学に関する藤岡の学問についての整理と検討は、ほとんど平安時代に限られてしまった。これは、ひとえに筆者の能力の限界ゆえのことである。鎌倉・室町時代の文学、近世文学、日本の評論史等々について彼が遺した学的業績は、藤岡自身の手になる著述でないとはいえ、なおこれから検討すべき課題とせざるをえない。

また、海外留学の機会をもちえなかった藤岡ではあるが、旺盛に西欧文学・文化を摂取していた。このことに関わる具体的な調査・検討にも、今回はとりくめなかった。これも、今後さまざまに探ってみたいこととしてある。

心残りとなったのは、二〇二〇年の春以降、新型コロナウイルスのパンデミックにより、日本国内の移動すら控えなくてはならない状況がつづいたため、二〇一八年夏に金沢で行った調査のつづきをなしえなかったことである。特に、藤岡自身の書き入れ注をふくむ李花亭文庫蔵『堤中納言物語』(二冊)をはじめ、先に充分調べきれなかった同文庫の資料については、二〇二〇年にあらためて調査し、その成果を本書の一部にもとり入れるつもりであったのだが、それはかなわなかった。この点、諸賢のご海容をお願いしたい。

藤岡に関する諸研究の中でも、とりわけ彼の「李花亭日記」の翻刻という、大変な労作をまとめてくださった故木越治氏とご関係の方々、ならびに村角紀子氏の学恩は計り知れない。特に記して深く感謝申し上げる。

一方で、この藤岡作太郎と筆者との「おつきあい」が始まったころ、たまたま近代の人文学のあり方を問う共同研究が勤務先の早稲田大学文学学術院で展開していたことは幸運であった。さらに、同僚の河野貴美子氏およびヴィーブケ・デーネーケ氏(マサチューセッツ工科大学)のお二人が推進された「文」と「文学」をめぐる研究プロジェクトに誘っていただき、明治期の「文学」について考える機会を得たことにも感謝している。

この「近代「国文学」の肖像」シリーズについては、企画から編集までリードしてくださった安藤宏・鈴木健一・高田祐彦の各氏、および各巻の執筆者が、数年にわたって幾度も岩波書店の会議室に集まり、研究会に近いような雰囲気の編集会議がひらかれた。このことも浅学の筆者にとってはきわめてありがたいことで、多岐にわたる学的刺戟を受けながら、執筆にとりくむこととなった。

藤岡の逝去から百十年以上が経過した今日にあって、その学問、著述に古びたところがあるのは当然だが、一方で、その当時の常識をはるかに超えるものをもっていた藤岡からは、なおまなぶべきことが少なからずあるということを、今、かみしめている。

二〇二一年五月

陣野英則

陣野英則

1965年生まれ.

1998年早稲田大学大学院博士後期課程満期退学. 博士(文学).

現在　早稲田大学文学学術院教授.

著書　『源氏物語の話声と表現世界』(勉誠出版, 2004年)
『源氏物語の鑑賞と基礎知識 38 匂兵部卿・紅梅・竹河』(編著, 至文堂, 2004年)
『平安文学の古注釈と受容』全3冊(共編著, 武蔵野書院, 2008-11年)
『王朝文学と東ユーラシア文化』(共編著, 武蔵野書院, 2015年)
『源氏物語論——女房・書かれた言葉・引用』(勉誠出版, 2016年)
『近代人文学はいかに形成されたか——学知・翻訳・蔵書』(共編著, 勉誠出版, 2019年)ほか

近代「国文学」の肖像　第2巻
藤岡作太郎「文明史」の構想

2021年8月18日　第1刷発行

著　者　陣野英則《じんのひでのり》

発行者　坂本政謙

発行所　株式会社 岩波書店
〒101-8002 東京都千代田区一ツ橋2-5-5
電話案内 03-5210-4000
https://www.iwanami.co.jp/

印刷・精興社　製本・松岳社

ISBN 978-4-00-026977-3　Printed in Japan

近代「国文学」の肖像

全5巻

安藤 宏／鈴木健一／高田祐彦 編

A5判　168頁

第1巻	芳 賀 矢 一 「国文学」の誕生	佐々木孝浩 著	
第2巻	藤岡作太郎 「文明史」の構想	陣 野 英 則 著	定価3630円
第3巻	佐佐木信綱 本文の構築	鈴 木 健 一 著	定価3300円
第4巻	窪 田 空 穂 「評釈」の可能性	田渕句美子 著	定価3630円
第5巻	高木市之助 文藝論の探求	高 田 祐 彦 著	定価3630円

岩波書店刊

定価は消費税10%込です
2021年8月現在